U0010918

IDIOCY, LTD

Eric Mader

白痴有限公司

枚德林

陳允石　譯

枚綠金
審訂

你或許會發現自己正開著一部大轎車

　　——大衛·拜恩，"Once in a Lifetime"

一、洪水消退之後

二、白痴有限公司

三、台北：微混亂的城市

中文版前言

　　親愛的讀者，如果你習慣看欲罷不能的作品──角色人物魅力十足或是刺激有趣，情節始料未及，卻能過足讀癮。如果你總是選讀這類作品，那你是絕不可能喜歡這本書的。真的！老師在講有沒有在聽？

　　這本書裡的角色多半是北七跟魯蛇；他們自陷於哭笑不得的荒謬糾結。偏偏故事情節──若該篇確實有情節可言──又以煩不勝煩的蠢筆收束，讓親愛的讀者你恨不得把書砸向冰箱，重新打開電視機。

　　無論如何，《白痴有限公司》不是一本長篇小說或短篇小說集。這是一本以散文詩為體裁寫成的詩集。然而，在這方面啟發我的良師：Max Jacob、Daniil Kharms、Russell Edson[1]，他們三位的作品至今仍未有正式的中文譯介。

　　本書每篇各自獨立，許多篇讀來正似笑話一則──非常非常冷的笑話。（說到冷，我剛提到的冰箱，就是你雪藏這本書的好地方。）但，如果你一篇接著一篇慢慢讀下去，並且漸漸讀出「這本書真是蠢得令人揪心啊」的心得，親愛的讀者，你大概會發現自己最後竟然不由自主地會心而笑了。你可能是在笑作者，覺得真虧我願意花時間寫下這些東西。

據我所知，真心喜歡這本書的讀者寥寥無幾。而這些人可能需要醫藥協助，才有可能在社會上正常運作。

　　總而言之，這無疑將是你讀過最蠢的一本書，說不定它還會害你讀到精神失常呢──倘若你真的看到最後，而且打從心底被傳染到的話。因此，若你已經買了這本書，勸你還是趁早快快丟了吧！

枚德林

寫於台北

¹枚綠金注：此三位為活躍於二十世紀的散文詩大家：猶太裔法國詩人 Max Jacob（1876–1944）逝世於巴黎，納粹集中營的中繼拘留營；俄國詩人 Daniil Kharms（1905–1942）逝世於納粹於嚴冬圍城的列寧格勒；Russell Edson（1935–2014）為美國詩人。他們繼十九世紀法國詩人波特萊爾散文詩體例之後，創作反轉出震撼與顛覆的解構式散文詩。作品產生極大效應，深深影響英美青年前衛文化。其中尤以猶太裔法國詩人 Max Jacob 為前驅，也最深刻，但在主流文學界並不廣為人知。其中包含猶太精神，而俄國詩人則含有俄羅斯正教信仰的奧祕。一九二〇年代，英文中出現 deadpan 一詞，中文譯意近乎「枯筆」或「冷面笑匠黑幽默」。二十世紀文化當中，從猶太裔作家卡夫卡，到英國四十年來著名的劇團 Monty Python（中譯「蒙地蟒蛇」）都可見這種共鳴。本書充滿機智，敘述路線歧岔得飽含爆發力、哲學悲劇感、宗教神祕、幽默，極富詩意的各種荒謬，甚至救贖。

感謝這本書的譯者陳允石，她為了忠實譯出書中的字字句句而煞費苦心。同時，我要感謝我的太太──詩人枚綠金Mélusine Lin。謝謝她的校譯。

引言

　　常言道：**笨蛋很笨、傻瓜很傻、白痴很白痴、蠢蛋很蠢，呆子則是呆到無以復加**。這話說得真好，一語就能道破。那麼你──若上列出現了與你相襯的項目──又是屬於哪一類呢？

　　本書主要在討論「白痴的言行」。相關字詞包括「怪癖」、「個人語型」和「慣用語」。

　　什麼叫「白痴的言行」？怎樣算「白痴」？這種問題對我們來說，應該不是無關痛癢的。

　　此處，我最重大的發現是：只要能辨明一個人究竟是如何耍白痴、可以多白痴──只要能看出此人臻至這種白痴狀態的方式和程度，並釐清這個方式和程度與此人可能自詡為聰明之處緊密交織、環環相扣的關係，便蔚為一項難得的殊榮了。

　　相信絕大多數的人都會同意這個看法：就跟我一樣，總有那麼段時間，你會懷疑自己大部分的行徑和滔滔吐出的冗言贅語白痴透頂，毫無意義。不過──就跟我一樣──你也會認為那些日子或許就是我們人生中的精華。那就是我們最精彩的時光。

結果呢？

你不過是另一個和我們大家一同受困在這巨大機器裡的白痴罷了。

我發現這句話是無法避免的神諭。那解讀的方式、詮釋的方法呢？致上這本充滿解讀阻礙的解密之書。

枚德林
寫於二〇一五年二月十日

敬告讀者：我是一名英文老師，在台灣悶熱而潮濕的首都台北教書。這十餘年來，我教導的對象以國中、小學的學生居多，教學的內容則是硬逼他們將中文的句法結構和思考模式轉化成尚可達意的英文。這就是本書會有部分篇章以此為創作背景的原由。較能觸類旁通的讀者，或許還能從中推敲出我的書寫風格。那可真不得了。但願如此囉。

壹

洪水消退之後

洪水消退之後

　　亞拉臘山山下一片狼藉。閃走在濕津津的葉片上，一路滑倒了三次。他們的提款卡不能用了。他們最先抵達的便利商店滿是泥濘，窗戶被沖破，地板上還躺了一條死掉的海鱸魚。

　　閃說：「你看我們可以把那條魚煮來吃嗎？」

　　雅弗回答：「我吃這個優格就夠了。」

　　含則攙扶著挪亞，帶他穿過遍地的樹枝和垃圾。有個屁用[2]？

　　至於那些動物——他們只消在下山之前為動物打開籠子，剩下就看牠們自己的造化。

　　那麼，人妻呢？人妻後來怎麼樣了？沒人知道那些人妻的下落，因為沒人寫下她們的故事。想必她們都盡力跟上隊伍了。想必她們也想說說自己的一番遭遇。

　　約莫一個月後，他們看到了之前的紅毛猩猩——公的紅毛猩猩；母的那隻已不見蹤影。牠孤苦伶仃地坐在一輛車底朝天的巴士上頭，抓著一只紅色塑膠桶不停地敲呀敲。牠為什麼要這麼做？

天曉得。不過可以肯定的是：那對紅毛猩猩也有一段故事可說。

²指挪亞一行人出了方舟，生活也安頓好之後，含的兒子迦南受挪亞詛咒而成為閃的奴隸一事。詳見創世紀 9:20-27。

白痴

在這個世界上，每個國家都有白痴。有時候白痴真的很煩人，甚至可能帶來危險。目前全世界的白痴總人口數雖仍無從得知，但不管這數字究竟是多少，必定非常之高。

白痴甚至可能當上國家領導人。在這種情況下，千百萬的國民都要遭殃。

為避免自身和親人遭逢不測或浪費太多時間，知道怎麼辨別白痴，並能看出對方屬於哪一類型的白痴就是兩大關鍵。

不過，這篇要談的其實不是白痴。我想討論的是熊貓。熊貓並非大多數人所認知的那樣；牠們不是真正的熊，而是假扮成熊的貓。熊貓是種又大又臭的貓，終日茹素，性喜扮熊。牠們想藉此建立自己的風格。

如果你在公園看到熊貓耍起一貫的翻跟斗伎倆，千萬不要上前拍照。也不要出言警告那些圍觀的人，因為這麼做只是浪費時間。他們很可能已經中了熊貓的嬉耍魔咒，聽不進你的苦勸。請儘快和你的家人前往別座公園。

熊貓根本是目無法紀。而比熊貓還讓人束手無策的，恐怕就只有功夫熊貓了。不過比起功夫熊貓，3D 的功夫熊貓

更是令人一籌莫展。

你打算被這些熊貓愚弄到什麼時候？牠們遲早會吃光這世上所有的竹林，接下來就輪到家禽家畜和孩童了。有相關影像可以證實這項說法。

熊貓是貓不是熊，這應該是明擺著的事。去查查百科全書就能當下立判。

說真的，貓連哺乳動物都不算。牠們其實是為了看起來像哺乳類，才會演化出毛皮的爬行動物。貓的模樣或許挺可愛的，但那些都是作秀。一旦沒人觀看，貓就會幹出種種卑劣兼缺乏衛生的醜行。

你在大海裡看到野生海豚，會想游到牠們身邊吧？但這可不是什麼好主意，畢竟野生海豚不見得會喜歡你，而且，以海豚為食的鯊魚通常就尾隨在後。

要是野生海豚看你不順眼，用頭頂你一下你就一命嗚呼了。但就算那些海豚不理你，後頭的鯊魚也可能把你那不如海豚優雅的泳姿理解成海豚癲癇發作時的動作，繼而開始攻擊你——因為牠們覺得你很好下手啊，而鯊魚這麼判斷也大抵無誤啊你這蠢到家的新世紀大草包。

有些研究權威認為貓真的在想方設法，企圖奪取這個世

界。

　　許久不曾碰上肉食性動物的變色龍，很可能就此怠惰而日漸遺忘改變體色的方法。這種變色龍真的有夠窩囊，簡直汙辱了牠們變色龍的名字。

　　我們相信這些真理都是不證自明的。

寫於二〇一一年

長頸鹿

長頸鹿是群苗條的傢伙，看起來就像中世紀貴族或神職人員筆下的瘦體字。牠們總拖著瘦削的軀體四處晃蕩，擋人去路。

千萬別把車鑰匙交給長頸鹿。

長頸鹿是塵土加黃金攪和出來的柱子，不過此金非彼金，而是塵糞交織的偽金。長頸鹿也是包著人造毛皮的破爛竹搖椅。沒錯，牠們還是一對對 LV 設計的腋下拐杖，只是價比天高，而且太長了，根本沒人拄得了這種拐杖。

長頸鹿是塞倫蓋提大草原上的超級名模。牠們只吃嫩枝和樹葉，那熱量頂多能供牠們趾高氣揚地走來走去。想見識長頸鹿不同風采的話，記得帶古柯鹼。

長頸鹿或許看起來氣定神閒，甚至別有風韻，可牠們其實只是無聊得緊。

如果長頸鹿會說人話，應該會說：「就是那一套嘛。金合歡不想讓我們吃掉樹上的葉子，於是越長越高，然後我們就得再長高一些才搆得到樹葉。然後金合歡又長高了一點，事情就這麼循環下去。簡直沒完沒了。我們都膩死啦。方便借個火嗎？」

是的，如果長頸鹿會抽菸，牠們都要來一根。

我就很想看看幾隻長頸鹿聚在一塊兒抽菸，藉著吞雲吐霧盡可能把金合歡的事拋在腦後，並裝出一副百無聊賴又莫可奈何的模樣。

別聽動物星球頻道的人在那邊鬼扯。長頸鹿頭上的瘤狀凸塊才不是我們大躍進的史前猿人先祖租來，當作無線電發射塔使用的原始觸角。

長頸鹿是太陽的牙線棒。

「我那天去瑪西家，還進了她二樓的臥房。接著，你懂吧，一時天雷勾動地火，然後我竟然看到窗外有顆長頸鹿的大頭。牠就在那邊看我們，就在紗窗外兩呎左右的地方。那傢伙就站在那兒抽菸盯著我們瞧哦。於是我朝牠大吼：『喂，滾開啦你！』」

「牠走了嗎？」

「當然啊！都被逮個正著了那個變態。」

「鹿贓俱獲。」

「你說啥？」

「沒事。」

中文把英文的 giraffe 譯成長頸鹿——脖子很長的鹿；

把英文的 owl 譯作貓頭鷹，頂著貓頭的老鷹；dolphin 則被譯為海豚，海裡的豬。搞什麼？

長頸鹿一旦搭上電扶梯，永無止盡的災難就開始了。

要是有人開了間肯德基炸長頸鹿快餐店，光是一隻炸長頸鹿小腿就夠四個小孩坐在一起大啃特啃了吧。

幫長頸鹿跟香蕉配種的話，應該能培育出鋪著軟毛，上頭還綴滿黃色和褐色斑點的橢圓形沙發靠枕。這玩意兒說不定挺暢銷的。

寫於二〇一一年

犀牛

犀牛這種動物可是一點都不愚鈍。

牠們喜怒不形於色，總站在平地定睛端詳，彷彿一群萬念俱灰的沉默老者。

犀牛天生就是靈智派[3]；牠們的造物者是某位業餘的神祇，而這位業餘的神祇原本是想造個恐龍出來。

犀牛既然知道自己是一位名不見經傳的小神祇用廢料場裡的破銅爛鐵又焊又接拼湊而來的，牠們對這俗塵中的一切已無任何期待。

犀牛和瞪羚不同。瞪羚會陶醉在自身的輕巧優雅當中，犀牛卻能認清自己被困在這有形物質界裡的事實。

犀牛於是相當退讓，心平氣和地過著自己的日子。但牠們也會突然發飆。

犀牛小而圓亮的眼睛左右分置在駁船似的頭部低處，周邊視覺廣及二百九十度。這表示能讓犀牛飽受干擾而大發雷霆的因素，遠比你我更多。

「你要在這附近晃來晃去是無所謂──」那雙眼對任何感覺夠敏銳的人傳遞訊息。「可如果你開始煩我，我就會先

用角頂你，再把你踩在腳下。抱歉了。」

犀牛通常是種無動於衷的生物。

牠們會一臉不屑地看著獵豹捕殺動物，那神情就跟你看著一個年紀尚輕的 CEO 炫耀他那台法拉利時差不多。

寫於二〇一一年

3 靈智派（gnosticism）也譯作靈知派，或按音譯為諾斯底主義，源於古老的西方宗教運動，認為人類居處的物質界並非由真正的上帝所創，而是出自另一個不甚完美的神祇之手。基於這一見解，正統派基督教徒和猶太教徒多視靈智派為異端。

嘖嘖嘖嘖

松鼠：牠們究竟是毛茸茸的森林之友，還是傳播疾病的都市害獸？這是今晚節目的主題；松鼠是敵是友，就請觀眾您來定奪。

「看那歡天喜地，蹦呀蹦地穿過人行道，再跳上附近唯一一棵槭樹樹幹的松鼠！我的小松鼠朋友造訪我居住的城區，還破壞起那些鋪著磚石，死氣沉沉的路面。我頓時體會到大自然的突現。」

「還有什麼聲音會比那隻瘋狂的松鼠在外景場地邊肢解垃圾，邊發出的尖銳嘖嘖聲響更叫人膽寒？我跑到窗前一探究竟，發現能撕碎的牠都撕碎了。我看著牠拖著一塊披薩餅皮的殘屍消失在轉角處，一如我的希望，全成了一陣過眼雲煙。」

「權力的中心正在轉移，我們卻只是袖手旁觀。」

松鼠會將狂犬病傳染給寵物和孩童，這點我們早有所聞，不過研究學者證實這群嚙齒動物擁有散布流言蜚語的驚人能力，還是非常近期的事。

密西根大學的杭特和葛雷瑪斯研究員的研究報告（二〇

一○年）指出，於某一地區活動的松鼠，即使密度非常之小，也能跨越都市的地界，將一則猥褻的謠言搬運到城郊地帶，而且速度比傳統的平面媒體還快。

松鼠會蹲坐著吃起捧在前爪間的栗子。這個時候，牠們那捲成完美 S 型的尾巴就會在直挺挺的銀色身軀背後立正站好。

研究發現，當那些八卦的花邊新聞涉及知名或時髦的年輕女性，松鼠散布不實謠言的速度和效率簡直與網路傳播不相上下。因為這一點，葛雷瑪斯在二○一一年十二月的《美國動物學人》訪談中作出如此結論：「松鼠是受困在嚙齒動物軀體裡的專櫃小姐。」

杭特卻不是這麼看的。他在《大自然》雜誌的訪談中表示：「松鼠的靈魂不該有性別之分，至少不能這麼歸類。在我看來，松鼠反倒是赫爾墨斯使者化身而成的哺乳類小動物。我們就該這麼看待松鼠。想想公園旁的祭酒、花生醬，還有牠們那些活兒。」

松鼠是整個動物王國的藏毛囊腫；牠們看似一群小巧而行動敏捷的毛茸茸球體，實際上卻是一座充滿積怨憤恨，蓄勢待爆的辦公園區。

葛雷瑪斯：「注意看，牠們那圓滾滾的黑眼睛會一直跟著你，身體也會不時抽動。你從這邊朝樹走來，松鼠就咻地繞到另一邊去。你跟過去，牠們又碎步繞了回來——不時抽動的尾巴會將訊息送往四面八方，而那些都是流言蜚語卑鄙無恥、偷藏暗箭的位元組。」

　　杭特：「赫爾墨斯使者執行靈魂指引的工作時，會高舉雙蛇杖引領亡故之人進入冥府。這高舉的雙蛇杖就像松鼠的尾巴。真希望我們能淨化雙眼，見其所見。真希望我們能解讀出那神聖嘖嘖聲所代表的意義。畢竟『詮釋學』一詞，就是從赫爾墨斯這個名字衍生出來的呀。」

　　要把日子過得像松鼠在樹枝間跳躍，就要有套生活哲學讓自己的尾巴保持平衡，使眼前的道路按照一分為二、二分為四的碎形邏輯不斷開展，接著便能跳上一棵橡樹，進入另一件物事的核。要接納日子和與時而生的橡子，要接近自發性的閃失，就得意識到那個住在巷尾，持有霰彈槍的男孩。

　　葛雷瑪斯：「根據我的研究，有種 SSRI⁴ 的藥物最有效。舍曲林的效果特別好；這些齧齒動物服用之後，散播流言的速度明顯變慢了。」

　　「快，孩子們！」松鼠哥振臂高呼，直喚一干小松鼠上

月台。「快哦！橡子列車就要開了！我們要朝夢幻堅果島出發囉！」

杭特：「他結合了透特神[5]，留予後人《秘義集成》[6]。」

葛雷瑪斯：「十年之內，行事謹慎的市議會將提撥專款，以藥物控制該區的松鼠數量。」

究竟是葛雷瑪斯，抑或杭特的說詞最能幫助我們平息這些抱樹哺乳動物的怒火，還請您自行裁判。不過下面這項說法應該是無可爭議的：少了那過度強大的尾巴，松鼠將變得一文不值。

誠如進化論者會說尾巴是該動物便於維持平衡而進化出來的構造，我們也就提高存活率這一點，來說說尾巴舉足輕重的價值吧：尾巴是讓松鼠討喜的唯一要件。

剪去松鼠尾巴上的毛，牠們也不過是老往樹上跑的大型老鼠罷了。那麼，像我們這樣神經兮兮又過分注重衛生的物種，還能隱忍這些擅自跑進我們的公園、學校的操場，衝著我們的孩子嘖嘖復嘖嘖，還否定三位一體的動物多久？各位覺得這些囉哩囉嗦的害獸還有多少時日可活？

無論松鼠是公園長凳上愛放冷箭的生物，還是古希臘羅馬神祇的化身，要不是看在尾巴的分上，五〇年代的人早把

牠們消滅殆盡了。

　　今晚的節目就在此告一段落。再會。

寫於二〇一一年

<hr>

[4] 選擇性血清素再吸收抑制劑，屬於抗憂鬱藥物的一類，後文提到的「舍曲林」（sertraline）即是此類藥物的一種，常用於治療憂鬱症、恐慌症、社交恐懼症、創傷後壓力症候群等精神疾病。

[5] 即古埃及神話中鸝首人身的智慧之神和數學、醫藥之神Thoth，亦譯為「托特」或「圖特」。

[6] 《秘義集成》（*Corpus Hermeticum*）為三世紀末之前，於埃及寫成的希臘至理文集；十五世紀時被譯為拉丁文，對歐洲文藝復興思潮的發展影響甚鉅。

獅子

獅子是萬獸之王。其他的就無須多言了。

除了那舉世公認的統治者地位，獅子真的沒什麼令人矚目的事蹟。

獅子這種粗暴又愛打飽嗝的謀殺者，一趴在平原上就跟被擱在工具檯上的手鋸沒兩樣。如此而已。

獅子閒來無事的時候，通常會變得健談不少。而關於這件事，大家也都注意到了。有些動物就覺得牠們的王就數這點叫人煩不勝煩。

「今天真熱啊。」獅子信步走著，看見斑馬便向對方招呼一聲。

「可不是嘛。」斑馬說，說完喉嚨一緊。

接下來，獅子通常會開始抱怨牠那「瘋狂的行程」，告訴對方如果能「停工」幾天該有多好，可牠已經「忙得一個頭兩個大」了，偏偏老婆又會「為了度假的事吵得牠快抓狂」等等。而吐這一連串苦水的重點，當然是：「我說啊，斑馬，我知道你們日子難過，但別以為獅子的生活就輕鬆不少。一點也不輕鬆！當獅子是很辛苦的。這是項非常辛苦的

工作。」

　　事實上，這種話術的確會讓聽者覺得有那麼一點道理；若是斑馬心情愉快，大概就能接受獅子的說法了。不過有個問題仍叫人百思不得其解：為什麼每次看到獅子的時候，牠們幾乎都只是腆著肚子一邊消化剛吞下的獵物，一邊懶洋洋地看著眼前的平原？牠們每隔幾天才會稍微活動活動──管這叫工作，說得過去嗎？

　　多年前，我在某個小鎮的圖書館翻閱一本已褪色的波蘭雜誌，不經意看到兩頭公獅窩在美容院裡燙鬃毛的插圖。我不懂圖畫的說明文字，但插圖本身自此界定了這種動物在我心目中的形象。

　　獅子既已擁有至高無上的權力，剩下的就是如何從外表下功夫了。牠們那大到離奇的頭──跟身體其他的部位一比，真的大得不成比例──有百分之九十的區域都用來存放牠們極其肥碩的大頭症。獅子是最自命不凡的動物，即使孔雀也難望項背。

　　那又怎樣？有什麼解決的辦法嗎？各位有何高見？

　　獅子自己都說牠們對整個生態系而言是多麼「不可或缺」了。牠們張牙舞爪，堅信自己就是生態系裡的重要分

子，甚至可說是核心人物——誰還有理由認為獅子在不久的將來，就會交出王者的權杖？

是，動物們有時是會談到革命——把這些狂妄自大的貓科動物踢下台吧，牠們當王也當太久了。不過較有智慧的一派倒擔心革命恐怕也改善不了現狀：血戰之後，就是權力真空期，而再怎麼看，都會是鬣狗站上權力的舞台。

那讓鬣狗掌權的話，情況會不會比獅子好呢？熱衷政治議題的動物無不爭辯著這個問題。然而，絕大多數的動物在面對這種變化莫測的未知情況時，仍選擇擁護獅子當牠們的霸主。有些動物甚至聲稱獅子當王，多多少少稱得上是「天經地義」。

我怎麼想？老子可不想就此把事情合理化。

寫於二〇一一年

蝸牛

蝸牛：僅以一只小而潮濕的凝塊為家的生命體。蝸牛：有對濕潤的唇瓣，卻沒有會擾亂牠前進的顏面或嗓音。

我愛蝸牛，但牠可會回應我的愛？

牠不會愛我，牠愛不了我。

我生活在一座潮濕的島嶼上，所見的蝸牛都有核桃般的大小與重量，卻又較核桃珍貴。牠們就用蝸牛行進那一套緩慢而迂迴地在布滿苔蘚的水泥圍堤上爬來爬去，以拖拖拉拉、慢慢吞吞的速度一再掠奪經費過剩的政體堡壘上，那一道道表面平滑的石牆。

願其輕柔而帶著黏液的愛撫終能將海基會消融於無形。

蝸牛再爬也不會離開地面兩公尺，我認為這是牠們一大美德。去你們那些據於懸岩峭壁的老鷹。牠們就和萊尼·里芬施塔爾[7]直挺挺地坐在上頭。去你們那些在天上飛來飛去，忙著用高解析畫素進行勘察的鬼東西。

噢，我會一一射下那些鬼東西。

任筆下文句翱翔於天際的詩人非我喜愛的詩人。會飛的東西已經多不勝數了。一張張白帆才開始掠過海面，在帝國

間尋找出路，這航程便令人起了疑竇。

看吧——你眼皮還來不及眨一下，人家那個種族主義者林白[8]就橫跨了大西洋，回歐洲去啦。

你大可讀你的納博科夫[9]，擁抱他的少女情懷，他的鱗翅目戀蝶癖。這位藝術大師就如飄著杏仁軟糖香的屁，而我不好這一味哦抱歉。我就和我的羅素·埃德森[10]，和我的杜斯妥也夫斯基待在這兒，就和我蛞蝓穩當的詩學待在這兒。

蝸牛其實是最性感的生物。這或許是因為牠們永遠不會回應我的愛？

蝸牛對時間有何體會？你有辦法體會蝸牛的感受嗎？沒有「之前」與「之後」、「夜晚」或「白晝」，只有涼（靜止時）和沒那麼涼（移動時）之分又是什麼感覺？

我在蝸牛旁邊坐了下來，朝牠探出身子。我的鼻頭距離牠沒有眼睛的臉僅有數吋——而牠渾然不覺，也無從得知我就近在咫尺。

我對著這隻蝸牛吐出一口氣：牠柔軟的觸角縮了一縮；如此而已。

即便此刻的我就和這隻蝸牛於此共享一立方公尺的濕冷空間，我和牠依舊身在截然不同的次元裡。

假使蝸牛擁有質疑的能力，那牠們就有充分的理由質疑我的存在。我們的存在。

　　蝸牛 A：「我們生活周遭總會出現超高智慧的巨型生命體，有時肆無忌憚地踩踏我們，不過大多時候根本沒把我們放在眼裡。」

　　蝸牛 B：「少在那邊胡說八道。你這番言論半點依據也沒有。這世上只有涼、沒那麼涼，還有偶發的意外。」

　　蝸牛 C：「別把話說得那麼死，B 君。這些巨型生命體確實可能存在，也可能不存在。我們無從定論。」

　　蝸牛 B：「我啐！滿口鬼扯。」

　　蝸牛 A：「絕非鬼扯。那些生命體真的存在。而且我相信那裡頭還有一個，還有一個巨型生命體確確實實愛著我們。」

　　沒錯，這樣的對話是不可能發生的。但我不在乎。像我這樣的怪咖，像我這樣上班前會坐在海基會旁，看著一個又一個埋首 iPhone 的女人就這麼走過──像我這樣的怪咖，完全想像得出蝸牛這樣的對話。

　　　　　　　　　　　　　　　　　　　　　寫於二〇一四年

7 萊尼‧里芬施塔爾（Leni Riefenstahl，1902–2003）為德國導演兼納粹思想宣揚家，最廣為人知的作品便是一九三五年問世的《意志的勝利》。

8 查爾斯‧林白（Charles Lindbergh，1902–1974）為美國飛行員，一九二七年成功從紐約飛至巴黎，締造了人類飛行史上首度橫越大西洋的創舉。林白有某些種族觀點與納粹的種族理論頗為相似。

9 弗拉基米爾‧納博科夫（Vladimir Nabokov，1899–1977）為俄裔美國小說家、文學評論家、昆蟲學家，最著名的作品為一九五五年出版的小說《蘿莉塔》。

10 美國詩人 Russell Edson。請參見〈中文版前言〉注釋。

蚊子

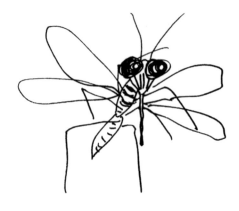

　　蚊子吃什麼？牠們為什麼如此混帳？且讓我以這兩問破題。

　　蚊子吃血的說法當然是錯誤的。牠們靠血滋養或孵化蟲卵之類該死的東西，但牠們本身並非以血為食。牠們吃塵蟎，或者光吃灰塵。

　　所以蚊子說不定吃素囉？呃，這聽起來就有點諷刺了。

　　不然蚊子到底吃什麼啦？

　　憑良心講，關於蚊子習性的一點一滴，我從高中的生物課之後就沒有任何斬獲。而我現在又快被這些小不溜丟的混帳東西給煩死，根本沒心情上網蚊子東又蚊子西地查找資

料。

　　其實夜復一夜，就在我即將入睡之際，房間裡老會出現那麼一隻蚊子開始騷擾我。是，我們洗衣服的陽台是有一群蚊子在那邊飛來飛去，電梯旁的走廊也總有個七、八隻蚊子，但每每到了我快睡著的節骨眼，就絕對會有一隻蚊子朝我飛將而來。

　　我的問題是：牠們是怎麼決定該誰進我房間的？牠們難不成還有民主素養嗎這群混帳東西？

　　具有民主素養的素食者兼吸血混帳。這種組合乍聽之下，也不是那麼自相矛盾。

　　我對那唯一一隻飛進房間的蚊子非常敏感。沒錯。我遠遠就能聽見那翅膀在一片漆黑之中拍振的微弱聲響。早在牠飛到我身邊之前，我就曉得牠進了房間。而當牠飛過我的臉，即便是從我臉上三呎的半空中飛過，我也感覺得到兩頰空氣那微乎其微的流動。

　　那感覺挺宜人的其實。

　　不過，只要我下床開燈，打算找到牠並且宰了牠，牠又立刻消失得無影無蹤。就我個人經驗來說，唯獨台灣的蚊子會搞這種把戲。牠們該不會已經和供血主要來源的人類發展

出共生關係了吧？我想是的。相形之下，美國或俄國的蚊子簡直是蠢得可以。

　　如果我能跟牠說，就跟那隻飛進房間的蚊子說好啦手讓你咬啦咬完了就快點給我滾蛋──我會開口的。可我該怎麼告訴牠？牠們蚊子都講哪國話？依我看，應該是某種瑪雅方言。但我也在猜就算我真的開口，牠老兄恐怕也沒這麼好打發。牠咬了我的手之後，可能還會在我跟我太太周圍嗡嗡嗡吵個沒完，繼而讓她在漆黑之中亂揮亂打、哼哼唧唧，繼而讓整個情況更加失控。無論我瑪雅話說得多流利，牠都不會聽從我的提議啦因為牠很高興執行大夥兒推舉牠執行的任務嘛：當個煩死人的小小混帳東西。

　　我現在是近視了，但從前年紀還小眼力也好的時候曾近距離觀察過蚊子的模樣。我記得牠們上半身覆蓋著褐色的軟毛，看起來有點像是會吸人血的迷你鹿。

　　至少在威斯康辛，在我自小生長的地方，蚊子是有體毛的。

　　我的問題是：人的個頭究竟得多矮多小，製作蚊子皮草大衣才是一件符合成本效益的事？如果人只有兩三公分那麼高，差不多就挺適合的吧。不過這麼一來，我們就得舉槍射

下在空中高飛的蚊子了；我們會開始獵殺蚊子。

話又說回來，假使我們的身高只有三公分，大概也沒多少閒情逸致考慮添購皮草大衣之類的奢侈品。我們會因為螞蟻而整天擔驚受怕。

現在是半夜一點四十分。我已經下了床，留我太太一個人與那隻蚊子共處一室，也已經坐在書房的電腦前，與另一隻該死的蚊子相為伴。說不定這隻就是牠們選出來的副總統。

那就抱歉了，因為我剛宰了這位副總統。很殘忍，我知道。我又怎麼下得了手呢──天天剷除幾隻可憐的混帳東西，卻連人家的語言都懶得學？仔細想想，蚊子也挺冤的。

對，我也很清楚叫牠們「混帳東西」實在不太好──並非因為牠們理當配上比較高雅的稱謂，而是因為會咬人的蚊子都是蚊子一族裡的女性，剩下的男性就只會賴在沼澤地裡看報紙。而「混帳東西」這個貶義詞多半用在男性身上，我一直叫那些女性蚊子混帳東西似乎有失恰當。

但我希望這是一篇女性主義的作品。

寫於二〇一四年

馬的問題

曾幾何時，馬這種方便又有效的代步工具，已大抵成為上流社會女性藉以附庸風雅的裝飾型玩意兒。

如果人人都買得起馬，馬或許能跟以前一樣受到大家的尊重。無奈現在只有清閒少事的權貴之人養得起馬。

撇開階級的議題不談，就現階段的僵局而言，馬的智力就是項難解的課題。話說回來，我們討論的這種生物到底有沒有自覺？

考慮到馬的頭是用木材雕出來的，這種動物只要能顯示出一丁點智慧，我們就該拍案稱奇了。那麼，一顆木頭腦袋裡究竟有多少突觸可以同時作用？研究學者仍在為這個問題大傷腦筋。

馬的頭會從樹墩一般的軀體漸漸長出，自己再慢慢雕刻成標準的馬模馬樣。這點我們是知道的。拜眼睛之賜，這頭看上去像極了動物的頭，反倒不像棵樹，雖然從某方面來說，那真的就是一種樹。馬會呆呆望著你，只是木然地看著你。對於這種傢伙，我們還有什麼好指望的？就連處境最卑微的流浪狗都比馬強──強太多了。

別被勞勃・瑞福那部電影唬得團團轉[11]。在現實生活中，會說馬語的馴馬師才不希望別人聽到他在跟馬說什麼。

馬要學舞，也是學得來的，似乎還能表現出一副愛跳舞、好跑步的模樣。

到了見真章的緊要關頭，這匹馬是會讓人直接騎在背上呢？還是需要加披馬鞍才能騎？又：馬都被人賣了，還能對騎乘的方式有什麼意見？

蒙田[12]筆下有一匹馬能用右腳的前蹄敲打數拍，好回答簡單的算術問題。打死我也不信。

不過以上所述都只是前菜而已。下面才是真正的問題：馬會怎麼走，端賴騎在馬上的人繮繩怎麼拉。換句話說，不管是哪一匹馬，我們都必須問問：拉繮繩的是誰？

換個方式問好了：那些權貴究竟想往哪裡去？

寫於二〇一四年四月十三日
台北

蝙蝠

蝙蝠不就是一種會在月下忽然癲狂的肉蛾，一種隨時可能解體的小型鋪毛裝置？不然咧？

沒錯，蝙蝠是種中了邪，老隨著閃光燈舞動的橡膠玩具；蝙蝠是赫卡忒[13]收藏的手偶。

眾所周知，蝙蝠的性子拗得很，永遠走不出八〇年代。牠們的耳朵在生理上就是聽不到諸如布蘭妮、卡卡、肯伊等名字。「你說哪位？」

牠們會從經年了無生機的樹木那中空樹幹裡一湧而出，一如自地獄手機發送出去的簡訊。

iPhone X 能破解這些簡訊裡的軟語嘶情嗎？那 iPhone XX 呢？

「非常期待見到尼。相信粉快就能見面ㄌ。;) 艾莉森」

不，無論是令堂、您患有焦慮症的姑媽，還是閣下年幼的妹妹凱莉在午餐便當裡發現了囊鼠的首級——要比尖叫，誰也沒有最弱小的蝙蝠叫得尖厲。

Was denkst du, Fledermausmann? Müssen wir noch Heidegger lesen? [14]

（回想少年時，我做過這種夢；倘若我現在夠果敢，就能實現這些夢：有座單間的博物館，館內只陳列蝙蝠形形色色的上下顎骨和牙齒——每副蝙蝠的上下顎骨和牙齒都經人清洗過並且安置在牆上，下方還附了對應的蝙蝠照和專屬的十四行詩。）

　　蝙蝠是躁狂發作的鼩鼠，鼩鼠是抑鬱消沉的蝙蝠。

　　蝙蝠睡覺時倒吊。蝙蝠邊睡覺邊倒吊。蝙蝠倒吊著睡覺。

　　第三句比較好。

　　而今，凱‧蒂森胡森，你又在哪裡？

　　　　　　　　　　　　　　　　　　寫於二〇一一年

13 為希臘神話中總與巫術、鬼魂、魔法聯繫在一起，象徵幽冥的月陰女神 Hecate。

14 此句德文意為：「如何，蝙蝠俠？這下我們還要讀海德格嗎？」馬丁・海德格（Martin Heidegger，1889-1976）為德國哲學家。

北極熊

噢北極熊，何淒何慘何戚！淪落至貧瘠的海岸，只見雪水和泥漿——你對著空無一物的海洋狂嗥洩憤。

你的祖宗八代都是毛色雪亮的獵人，個個善用耳朵聽聲辨位，追蹤冰下海豹的心跳。

你的祖宗八代，噢北極熊！

牠們憤怒的骸骨自漸融的雪堆探出；牠們衝著你一身邋遢的毛皺緊眉頭。

你就像塊破爛而不耐洗的廁所腳踏墊，我們只好把你跟舊報紙一併丟棄，噢偉大的獵人！

那些海豹為你的隕落欣喜不已，因為牠們都去聖地牙哥動物園了。

誰會清理你被染黃的毛？你嶄新的大衣衣領上滿是汗漬。你又在垃圾堆裡翻找東西吃了。

你難道不曉得科學不可靠？你到底懂不懂什麼叫不可靠？

你的世界就像一塊慢慢融解的象牙皂。你家崽子一出生就是雌雄同體。

你這餓到皮包骨的狗，我都看見你的胸廓了！

羞不羞啊你？就在光天化日之下那樣赤身裸體？

探索頻道的攝影機都在拍哦！快躲到茅坑後面呀，熊！

「鑽啊寶貝，鑽吧！」[15] 眾人在這頭聽得如痴如醉、淚流滿面，你則在那頭吃起自己的同類。

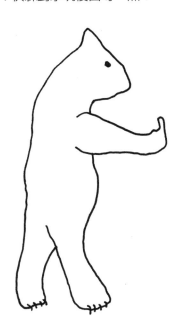

「科學不可靠。科學不可靠。」你都不看新聞嗎？

想在這種經濟體制下生存，你還得再機伶一點。

寫於二〇一一年

[15] 曾任阿拉斯加州長的莎拉‧裴冷（Sarah Palin）於二〇〇八年角逐美國副總統職位時，提出了與其仰賴國外進口，應大量開採國內石油和天然氣的政見。此處的「鑽啊寶貝，鑽吧」（"Drill, baby, drill!"）即為當時口號。

鹿

鹿說話的音量小到人幾乎聽不見。任憑牠們再大聲，也只能發出微弱的細語。

如果你在晨間走進露營用品店，並在夾克和帳篷區附近坐了下來，有時就會聽到一種微乎其微的背景音。那就是鹿的細語。究竟是這些地方已然成為鹿陰魂不散的場所，抑或這一切純屬某種機巧的潛意識行銷手段，我到現在還無法查個清楚。

有賣莫卡辛鞋[16]的地方也會出現鹿幾不可聞的細語。這大概就是鬧鬼沒錯了。

鹿以母鹿居多。那些外表看起來像公鹿的，十有八九都是在玩女扮男裝。交配季節一到，這些「公」鹿還得向雄麋或別種雄性動物借點精液，才好完事。

絕大多數的「公」鹿都巴不得處理掉頭上的鹿角，因為在牠們眼中，角是一種既粗糙又原始，只會阻礙社會流動的累贅之物。

以前每十隻鹿就有四頭左右是貨真價實的雄鹿，不過近年來，這些雄鹿的蹤影越來越難覓得。主流鹿眾嫌牠們既

麻煩又低級，於是紛紛避開牠們；牠們的鹿角發育得比那些「公」鹿完整，致使牠們常被圍籬或樹枝給纏住，繼而淪為狼群的獵物、無良獵人槍下的亡魂（「親愛的，快看！我獵到一頭鹿了！而且牠左右兩角各有五個叉！」），或是被活活餓死。

冬天一來，美國北部和加拿大境內的鹿就斷炊了。這些鹿不得不啃食樹枝的樹皮，或在冰天雪地裡嗅來嗅去，尋找日前莊稼收成時落在田間，業已結凍的禾穗。

至於我們，活在這後現代時代的我們，無論去或不去露營、具有社會流動性或低級到不行，又會如何自我偽裝——我們都只是呆立在車頭燈前的鹿，被躲無可躲的未來嚇得倉皇無措。然後，可供我們撿拾的也所剩無幾了。

[16] 指北美印第安人早期會穿的 moccasin，一種多由麋皮、鹿皮等柔軟皮革製成的鞋子。

短吻鱷

短吻鱷是態度大有問題的霉木材，是多出四條腿的流理台廚餘絞碎機。

短吻鱷一開始是靠喬治．伯恩斯和蛇頸龍的基因創造出來的。這種動物之所以熱愛高爾夫球場，不只是因為場內有池塘——這份狂熱，還遺傳自牠們的父親。

短吻鱷說起話來，就是喬治．伯恩斯說話的聲音。不過牠們很少開口說話就是。

我個人曾經在佛羅里達看到會開車的短吻鱷。牠們多半開著凱迪拉克的老爺車，後車廂上還鑲著聖地兄弟會[17]的標誌。牠們的車速很慢，彷彿開著低底盤的跳跳車。

有回等綠燈時，我就主動跟一隻短吻鱷攀談。牠坐在棗紅色的凱迪拉克裡就著方向盤，身旁的窗戶也搖了下來。牠戴在頭上的棒球帽是種彆腳的偽裝。

「你是隻短吻鱷。」我說。

牠大笑幾聲，接著就拔下一大口的假牙給我看。

「要不要兜兜風，小鬼？」牠問話時露出滿嘴噁心的短吻鱷牙床。

「呃⋯⋯門都沒有。」我笑著回答。「但你好好享受享受啊。」

「你也是。嘿嘿嘿。」

牠在紅燈轉綠之際迅速塞好自己的牙齒。凱迪拉克噗噗噗開走了。

倘將短吻鱷糞便混合阿拉伯膠,能當成子宮套、栓劑一類的避孕器,相當有效。這是四千年前埃及人的發明。

部分短吻鱷——忌吃哺乳類腐肉的那些——死後還有變成天使的可能。我跟佛羅里達當地幾位居民聊過這件事。他們親眼目睹了短吻鱷一死,便「化成」天使的瞬間:短吻鱷在一片聖潔的光中升上俯瞰著佛羅里達大沼澤地的天空,其爬行動物的軀體依舊,但白色的天使雙翼已在身後展開。

哈利路亞!我只有這句話好說。哈利路亞!

注意事項

　　乳牛會哞，狗會汪，綿羊咩咩叫，馬聲嘶嘶，驢聲喔喔，貓會喵，鴨會呱，公雞會高啼，獅子會怒吼，狼會嚎，螞蟻很安靜，豬聲侯侯，大象會嗷，鬣狗會笑，母雞咯咯咯，大羊駝通常都保持沉默，蛾一向非常沉默，烏鴉嘎嘎嘎，鴿子咕咕咕，老鼠吱吱吱，鱒魚不會出聲，鼴鼠不會出聲，變色龍不會出聲，熊會低聲咆哮，公牛的嗓音低沈，鯨魚會唱歌，蠑螈靜悄悄，鍬形蟲靜悄悄，鱸魚非常安靜，貓頭鷹會呼呼叫，蟋蟀會唧唧叫，鸚鵡會講話，黑斑羚寡言少語，海牛寡言少語，黑線鱈寡言少語到令人尷尬的程度，蝸牛不太說話，龍蝦不太說話，蜈蚣不太說話，樹懶不太說話；豪豬完全抵制我們為溝通所做的一切努力：牠們默不作聲；代斯魚默不作聲；鮭魚默不作聲；蚯蚓拒絕交代自己知道的一切：牠們悶不吭聲；比目魚悶不吭聲；白蟻悶不吭聲；我們連哄帶騙後，蜉蝣依舊不言不語；刺蝟不言不語；海龜不言不語；事實證明，不管人們來軟的、玩硬的都沒用：一意孤行，堅持封口到底的大眼梭子魚，顯然不會因為任何事而打破沉默。

貳

白痴有限公司

蠟燭

縱然趕到那座被小蠟燭點得通明的城鎮前，還得走完這條長長的海岸線，你還是停下了腳步，駐足凝視這片黑茫茫的海。海浪拍擊沙岸的聲音聽得你多想坐下來哭。你多想忘掉那座小鎮，忘掉瑪莉亞和你們的小孩。可那頭會有你的兄弟，也會有音樂和皮納塔[18]。再說，身為市長的你也該露個臉，致致辭。

夢消褪之後，你只聽到海鷗在叫，也發現兩個流氓正站在你身邊低頭盯著你瞧，還有一把獵槍對準你的腦。接下來呢？

寫於一九八六年

---

[18]Piñata 指在過年過節的慶典或一般慶祝場合懸掛起來，用紙糊成人物或動物形體的紙偶。紙偶內會事先填滿糖果或玩具，參加慶典的人再用棒子打破紙偶，接捧從中掉出來的物品。

心臟地帶 [19] 的激進派

一九八五、六年時，即將高中畢業的我們打算給大家來場思想上的震撼教育。

給他們一點顏色瞧瞧！給他們一點顏色瞧瞧！

我的同志看出我德容兩全，連連拱我出面。

我舉起手臂一揮，手卻卡進一台嗡嗡作響的紅色自動削根機，當場成為《歡笑一籮筐》那種節目的五金機具安全宣導短片的素材。

「我的手啊，漢克先生 [20] ！我的手啊！」

寫於一九九六年

---

[19] 常指美國中西部充滿鄉村氣息的地區。這一區的人注重農業，個性勤勉、誠實，思想上較為保守。

[20] 美國漢克連鎖五金行（Hardware Hank）的吉祥物；形象為身穿紅色襯衫、白色吊帶褲，頭戴紅色鴨舌帽的男子。

真正帶種

我只痛恨試圖把雪茄熄在你腿上的人。

你在克里米亞戰爭時是名驃騎兵，於托勒密四世在位期間是個埃及的珠寶商，還當過真正雪伍德森林出身的盜賊。我原是瑪麗・安托瓦內特、羅徹斯特伯爵，也在克里昂掌權的雅典當過演員。

中世紀時的我們為了一條翡翠項鍊跳上馬背，抄起長槍對決。

今兒個不是你死，就是我活。

寫於一九八七年

杭特

啊！黑祕魯維亞玫瑰！全世界只剩這麼一朵！打從杭特初次在照片上見到這朵玫瑰──當時十三歲的他因為媽媽在試靴子，便隨手翻起雜誌來看──就夢想著哪天能為了尋找這植物界中絕無僅有的偉大奇觀而踏上旅程，能為了探究那稀罕珍寶的柔美花瓣而走訪遙遠的國度。就這樣，他的命運便在一間高檔的倫敦靴店店內一角決定好了。杭特將成為一名世界探險家！

有多少年，他咬著牙走遍祕魯維亞的蠻荒地帶！有多少夜，他在寒冰覆蓋的山徑裡露營，而安地斯山刺骨的山風就不斷往他帳篷的門簾裡送！

那些印第安人嘲弄他；無論他上哪兒買酒，總免不了被他們敲些竹槓。專家們也不遺餘力地潑他冷水。其中許多人就說，那最後一朵黑祕魯維亞玫瑰根本不在祕魯維亞，要找就得去智利找。還有一派說法是花應該在厄瓜多或哥倫比亞。也有人說那國家才不叫祕魯維亞：他去的地方叫祕魯。杭特毫不理會這些人的意見，持續著自己探索的旅程。他一直都知道這世間僅存的黑祕魯維亞玫瑰就在芝加哥北面的某座私人溫室裡。但就連這點也阻止不了他。他成為探險家之

後經歷的種種驚險奇遇，總能在他泡妞時派上用場。

杭特持續著這段探索之旅，唯一的同伴是瞎了一隻眼的大羊駝。後來這朵玫瑰終於枯死在花盆裡。探索頻道的工作團隊正在製作紀錄片。

寫於二〇〇六年

我不為 CIA 工作的理由

一、

我不為 CIA 工作，因為我很笨

而且我不是摩門教徒 [21]

加上我那貧乏的愛國情操

鐵定無法通過他們任何一項測驗

顯然我不會為 CIA 工作

二、

又或許我，說到底了，就是在替 CIA 工作？

真叫人難以相信

我白天比他們晚起

晚上還有語文課要教

CIA 那幫人則忙著分析語言

諸如阿拉伯語和烏爾都語

和處理中文計劃書的文件

但我呢我有語文課要教

CIA 倒是什麼課也不教

只顧著把報導整理成文，好回答

是或不是或是或不是

但我呢我有學生要教還要跟學生開玩笑

也要試著沉浸在或許這又或許那的世界裡

越久越好

三、

我獨來獨往，會喝蘇格蘭威士忌

這很 CIA

我 CIA 多久了？

四、

我在工作上其實表現得可圈可點

中文比許多特務同事都要流利

~~法文也一度說得嚇嚇叫~~

不像許多經常錯用假設語氣的摩門教徒

後者總一派清醒地與我在蘭利 [22] 的廊間擦身而過

五、

我沒去過蘭利

不可能是 CIA

稍被施壓我就會崩潰

大事小事都要脫口而出

六、

縱然有時得承受非比尋常的壓力

也崩潰過兩次或超過兩次

我卻未曾供出那些大事小事

倒不是出於愛國情操或是

為了守住某些資產才三緘吾口

我只是不太曉得該如何啟齒

我是說該如何表達

我所知道的一切

有時我甚至無法確定

我真知道那一切

七、

這種思考模式肯定很不 CIA

這或許便是他們視我為 CIA 之寶的緣故

他們不會冒險派我執行不起眼的任務

譯出截獲來的烏爾都語閒聊內容

他們會把我捧在手心

時時留意我又喝了多少

一天只准我抽一根雪茄

現在還鼓勵我找家新的健身俱樂部

好找回往日的健美

就我們準備結束冷戰那時期

八、

但我才不想找什麼新的健身俱樂部

我受夠這無窮無盡的亞洲任務了

我想讓他們也明白這一點

我受夠搭地鐵通勤往返

我的學生有半數是過動兒

我在等我 CIA 的駐派國代表終於也受夠了我

並呈報說為了我好

應該派我出去跑跑

看是柏林還是羅馬

尼斯的話就有意思了

但即便是大馬士革或特拉維夫我也絕無怨言

只要那邊不會太危險就好

只要是個能讓我發揮所長的地方就好

九、

既然一切都已水落石出

我就是如假包換的 CIA

那我得儘快繳清積欠的稅款

也該跑一趟蘭利

別再或許這又或許那地扯個沒完

我得回歸基本面

是或不是

我或你

總有一個人搞錯了

寫於二〇一〇年

柯林斯

　　我正打算放下當天的報紙，就瞄到一則關於二十四歲的阿諾‧詹姆斯‧柯林斯兩天前在加州方塔那被捕的報導。據這篇美聯社的文章所載，柯林斯被控「潛入民居調戲婦女的腳──有回甚至趁被害人熟睡之時，用黑筆塗她的腳趾」。

　　警方接獲一名女子舉報有人「試圖從廚房的窗戶潛進屋內」的電話後立即出動，也成功逮捕了柯林斯。該名女子顯然是個淺眠的人。文章繼續寫道：

　　據警方所述，柯林斯恐在過去一個月內犯下十至十一起非法闖入民宅的案件。

　　「有好幾次，那些受害者的丈夫或男友都追著他的屁股跑，可是沒人逮得到他。」大衛‧迪萊爾警探說。

　　幾扇窗戶被打破了，不過無人受傷，也沒有任何財物遭竊。

　　「他就只是觸摸、輕撫、把弄女人的腳。」泰瑞‧波埃思警佐說。

文章到此結束——柯林斯的事件就在幾個段落間交代完畢了。真悲傷。

為什麼我讀這篇關於柯林斯的報導時，心中會油然升起一股景仰之情？跟這篇簡短的拘捕啟事相比，當天報紙上的其他文章都顯得無關痛癢。

理由應該很明顯。**阿諾‧詹姆斯‧柯林斯是某種英雄人物**。說白了就是這樣。而撰稿記者只重點提及柯林斯一案的敘事手法，只會加深社會大眾對他的重視。

你怎麼想？

「他不過是另一個目無法紀或無視倫常的變態罷了。」你大概會這麼說。

沒錯啊，我完全同意。這是定義英雄的一種方式。這股堅持追求夢想的傻勁，這般對輿論滿不在乎，只朝著夢想國度猛衝的專一——所謂英雄，就是這麼煉成的。

寫於一九九八年

萊夫科維茨

　　傑森・萊夫科維茨總會不分場合，大嘴一張就滔滔講起了故事，即便當下他根本沒有故事可講。這是老毛病了，而這個老毛病通常會讓場面一冷或招來誤會。收銀員會這麼打斷他：「先生不好意思，後面還有客人等著結帳。」計程車司機會撂下一句「要付錢的是你」，然後繼續開車。話說他到愛丁堡出差那回，還在酒吧外被一幫足球迷揍得鼻青臉腫；那些球迷朝他吐口水，罵道：「死玻璃！嘴碎的死玻璃！」

　　傑森的故事通常都有十分嚴肅的開場白。他會先挑好聽眾，擺出企求的眼神後再拍拍人家的臂膀，接著就用輕柔的語氣開始講：「從前從前，有一個鎖匠。鎖匠總夢想著……」或是「這就是山中老人哈桑・沙巴[23]那個年代的事了……」或是「她上回見到瑞克，迄今已三年」。

　　但傑森那些故事的開場白大多缺乏明確的走向，所以故事很快就墮入牛頭不對馬嘴，或是時空錯亂的五里霧裡。每個故事經他一講，都成了完全不同的鬼話，然後他詫異的聽眾就會開始發窘或心涼，臉上也明明白白流露出這種表情：「現在是怎樣？你到底想要我怎樣？」

這狀況持續了若干年。傑森口袋裡的故事沒有增加，因為打從一開始，他就沒聽過任何一則有頭有尾、有骨有肉的故事，也從未試圖構思一篇完整的故事。他純粹只是想「講」而已。在講的過程中，他就有如在別人贈送的木材上揮舞著工具，卻不打算造出什麼來的木匠，就只是想抄起一把又一把的工具在這邊敲敲、那邊打打的木匠。這麼個木匠忙了一天後，又能搞出什麼名堂？

　　沒什麼能歷久不衰；沒什麼會傾圮坍塌。

寫於二〇〇八年

[23] 哈桑‧沙巴（Hassan i Sabbah）為十一世紀波斯伊斯瑪儀派的傳教士，曾使許多人改奉此派，後更形成一股勢力，群起對抗當時據統治地位的遜尼派。西方人多藉《馬可‧波羅遊記》中對哈桑‧沙巴的描述認識其率軍暴動的手段。哈桑以位居山中，地勢險要的阿拉穆特堡（Alamut）為據點，據說會命狂熱的信眾執行暗殺敵軍的任務。

獨奏會前

一隻斷耳靜靜躺在矮咖啡桌上。

「你不知道這東西是誰的，就別去碰。」媽低聲地說。

狼狗

　　故事發生在三百五十年前的波士頓。有條狗住在一個富有律師的家中。狗的父親也是條狗，母親卻是一匹狼。牠是條狼狗。

　　律師家裡的女傭都非常嚴厲。她們從不准狗跳上屋內的傢俱。每天每天，狗只嗅到性壓抑和不容歧見的味兒。

　　不過律師對狗很好。狗最信賴律師，因為律師對牠很好。

　　後來，律師為了搭上淘金的熱潮而決定去西部。他訓練狗拉篷車，這一人一狗遂踏上西進的道路，走過一處又一處的平野。印第安人襲擊他們，但狗殺了那些印第安人，只留兩個活口。

　　律師在加州發現了豐富的金礦礦脈；他變得非常有錢。那是個能發萬貫之財的年代。狗替律師拉著好幾輛載滿黃金的篷車，直到某一晚，牠聽見狼群在森林裡嚎叫的聲音，便落下了篷車，跑去加入那些狼。牠終於找到自己真正的兄弟了。

　　那些狼教狗殺人，使用步槍。狗跟著狼群殺了好多人，

一起在殺戮中得到快感。許多年就這麼過去。

後來牠們在森林裡撞見律師。律師已經老了，邊走邊拄著一根長長的金拐杖。狼群準備取他的性命，便對狗說：「我們上。」可是狗的內心很混亂。牠一時沒了主意。

狼群看出狗猶豫不決，便露出牠們嗜血的本性。牠們轉而攻擊狗，張嘴將狗撕得稀巴爛。狼群就這麼解決了牠。就牠們當初解決阿克泰翁[24]那樣。

寫於二〇〇四年

[24] 指希臘神話中的年輕獵人阿克泰翁（Actaeon）。某天他撞見正在沐浴的黛安娜，後者便在盛怒之下朝阿克泰翁潑水，阿克泰翁因而變成毫無說話能力的雄鹿，不久就被同行的獵人和自己的獵犬所殺。

新騎士

一、

　　他是個無頭男孩，跟自己沒腦的母親住在一棟沒屋頂的屋子裡，擁有一台沒用的電腦。他的電腦之所以沒用，是因為被雨淋到短路，因為這屋子沒屋頂可遮雨。這屋子之所以沒屋頂，是因為做母親的沒腦又愛曬太陽。而做母親的之所以沒腦，套句皮耶‧布赫迪厄 [25] 的話，是因為她自小就被這樣的 habitus 教養長大。

　　一條沒有舌頭的狗坐在沒有鞦韆的門廊上哈哈喘氣。因為狗沒有舌頭可吐，大家都以為牠是在笑。

二、

　　無頭男孩念的是一間沒有格調的學校。這學校毫無格調可言，因為沒課可教。毫無格調的學校裡有座毫無藏書的圖書館。時下口授文化正興，數位文化正發燒。

　　男孩會騎沒有輪胎的腳踏車上學。沒有輪胎的腳踏車跑得慢，還會發出某種嘎嘎刷刷的聲音。因為無頭，男孩經常感到沮喪，或覺得自己是異類，或失了根，或遭人鄙視。反

正他常常迷路就對了。腳踏車會幫男孩寫功課，因為沒有輪胎的腳踏車也是不知疲困的腳踏車。那是輛施文（Schwinn）腳踏車，十分可靠。

三、

　　一位有名無實的校長正在餵他無水池塘裡的無眼魚。這池塘離學校尚有一段距離──故事如是說。

　　不過，男孩無所畏懼。他走上前去。

　　「怎聽得嘎嘎刷刷，／猶如行進中的車輪／脫軌的摩擦聲響？」校長道。

　　「是我的腳踏車，先生。」男孩道。

　　「別再靠近了！我的魚正痛苦著。」校長道。

　　「我無朋無友，先生。我來找您商量。」

　　「你是個無頭男孩。他人定會對你百般苛刻。」

　　「我渴望得到他人的尊重，先生。尊重。」

　　當下有一會兒從他倆之間流過，悄無聲息。就連魚也不動，定在牠們的塵塘中。

　　「我知道──」校長總算開口。「我知道一個無名的女

孩，她有一隻無毛的⋯⋯」他朝天比劃了幾下，試圖找到正確的字眼。「無毛的⋯⋯」

「狗？」

「對！這女孩會為你帶來你需要的尊重與愛。畢竟她常年為你這種疾病所苦──這膏肓之疾，如此叫人摸不著頭路！」

「她是⋯⋯？」男孩開口問道。

「她是！不僅無名，而且無頭。一把大鉸剪剪去曾屬於她的頭。」

「一把大鉸剪？」

「剪刀。」校長道。「你會說它是剪刀。」

「那我應該去找她嗎？」男孩問。

「去吧，我的孩子！」校長道。「她是你唯一的希望。你定要找到她。」

四、

　　經過數年屢被襲擊又苦尋無果的旅程，男孩終於來到一扇門前。

「我要找……」

「她在她樓上的房間。」醜陋的老嫗說道。

女孩的房間在二樓。那隻無毛狗跟著男孩上樓。男孩立在她的房門前，然後將門推開。無毛狗隨即跑到女孩的身邊，女孩則轉身面向門口。

男孩不確定該怎麼打破沉默，於是沉默了好一會兒；後來他想試試眨眼這招，但效果不彰，因為我們這位主人翁是個無頭男孩──故事如是說。

「你來了。」女孩說。「你總算來了。」

「沒錯。」男孩說。「我總算找到你了。」

一束光線穿進半掩的窗戶，照亮了光禿禿的木頭地板上方懸浮的微塵。無毛狗不耐地哈出一口氣；這種場面牠已演練過太多遍。女孩慢慢站起來，並拿起矮櫃上一把閒置已久的梳子，啪地一聲狠狠折斷後再放回原處。

「你有何成就？」她彷彿掐準時機一般，毫不留情地問。

「我……」男孩答道。「我……」

「你有何成就？」她又問了一次。「說啊。說說你的成

就。」

「呃，我找到你啦，不是嗎？」男孩溫順地回答了問題。

「說真的，找到我算不上什麼成就。」女孩說，還迅速撥開掛在自己失去多年的前額上，一綹憑想像而生的頭髮。「比你先找到這個破爛地方的小夥子可多著呢。你就沒有更偉大的成就嗎？」

男孩被問得不知所措。他不見懸浮的微塵，或是木頭地板上的無毛狗。

「想我這段長長的旅途──」男孩說道。「少了輪胎的輪緣軋過崎嶇不平的石子路。想我烈日當空卻沒帽子好戴，想那雨水順著食道流進我的體內。」

「哼！」女孩說。「拿這些事情說嘴的小夥子也不少。」

「有好多次，輪胎刺耳的尖嘯不斷朝我逼近，還有司機勃然大怒的叫罵，因為我沒看到提醒我該停下腳步的紅燈。」

「你沒看到紅燈？」

「是的。因為我是個無頭男孩，看不到交通信號燈，不管燈上亮的是紅燈還綠燈。我不見燈轉紅，／於是司機見了

紅，／我那染汙街道的血紅。」

「你說話說成了詩。句句押韻呢。你知道嗎？」

如今無毛狗趴在地板上，頭還垂靠著自己現已伸展開來的腳，以示贊同或反對的立場。

「我是個無頭男孩，住的是一棟沒屋頂的屋子，擁有一台沒有用的電腦。我可以明白告訴你，製作網頁也無濟於事。我去找一個坐在塵塘邊的無權之人尋求慰藉，然後他道出你的名字，然後我找到了你。」

「他怎麼可能道出我的名字？」女孩問。「我是個無名的女孩。」

「他把你的無名給了我，我就開始尋找你。」

「是的。然後呢？」

「你不存在的名字——它呼喚著我。每晚入睡前，我總要稱說那虛無，一次又一次，一夜復一夜。」

這房間靜了下來，和無毛狗一樣動也不動。

「你一次又一次重覆我不存在的名字？」女孩問。「此話當真？」

「是真的。我在某個無月的夜，四仰八叉地躺在一個無

樹之境的邊界；我重覆著你不存在的名字，那名字也支撐我，讓我能夠繼續走。」

「好有詩意的一句話。你讀過德希達[26]嗎？」

「沒有。」男孩說。「我念的是圖書館裡毫無藏書的學校。時下口授文化正興，數位文化正發燒。」

「別管德希達了。別管他。我是你的，你知道的。我早就已經是你的了──德希達就會這麼說。你終於來了！」

「我的？」男孩說。女孩突如其來的熱情令他大感訝異。「你真的會是我的？」

「真的。」女孩說。「老實告訴你，我就是在等你。一直在等你。」

「有這種事？」

「抱我，傻瓜。吻我！」

「我會的。」男孩說。「我起碼會擁抱你。這部分我還做得來。」

他倆在一陣忙亂之中抱住彼此，肩貼著肩，兩隻被截去大半的殘頸互相依偎。

此時無毛狗呼出一口氣，並極其輕微地搖了一下那略呈

粉紅色的尾巴，表示故事可以收場了。那就結束吧。

寫於二〇〇三年

[25] 皮耶·布赫迪厄（Pierre Bourdieu，1930-2002）為法國哲學家、社會學家。
[26] 雅克·德希達（Jacques Derrida，1930-2004）為法國後結構主義哲學家。

美國某系主任辦公室裡

「他們是咬你還是揍你，是 bite 還是 beat ？」系主任對著坐在面前的細瘦女人問道。

女人垂著頭，一副疲憊不堪的樣子。她按摩著自己的太陽穴，然後嘀咕了什麼。

「我聽不見。」系主任說。「到底是哪個：bite 還是 beat ？是 bite 的話，你知道，那個 i 要發長母音，唸作 [aɪ]，因為字尾的 e 不發音。」

女人抬起頭來。

「我知道要發長母音。」她簡慢地說。「我可是在柏克萊拿到的博士學位！」

「是是是……所以呢，他們究竟是 bite 你還是 beat 你？」

「都有。」

「什麼叫都有？」

「都有就是都有。」女人說。「他們咬了我，也揍了我。」

系主任皺了皺眉頭，似乎一時無言以對。

「不。」好一會兒後，他終於開口。「他們不是咬了你就是揍了你，絕不可能又咬又揍的。」

「嗯哼，他們就是對我又咬又揍。」這名年輕的大學教師答道，還舉起前臂讓系主任瞧瞧她手上包紮的兩處紗布繃帶，接著再拉開衣領，露出攀在她頸根部上的深色瘀青。

「要不要看看我的肚子？」她問系主任，還作勢要站起來。

「不、不，不用麻煩了。」系主任草草擺了擺手。「有人……他們有說要幫你紋身嗎？」

「有個學生說要在我大腿上刺個類似部落的族紋。」女人說。「他是這麼講的：『我想留下類似族紋的刺青。就刺在你的大腿內側，水啦。』他講完就用嘴弄出嗒嗒嗒嗒的聲音。」

「那是刺青的黑話。」系主任說。

「可不是鬧著玩的。」大學教師說。

坐在位子上的系主任靜靜思考了一陣。

「所以他們非但咬了你，還揍了你？」後來他開口。「全班都這樣嗎？他們全都對你又咬又揍？」

「對，他們全都咬了我，也揍了我，全班九個學生不停咬我揍我。就在下課前的三十分鐘，對我又咬又揍整整半個小時！」

「不可思議。」系主任說。「真是不可思議。」

女人不發一語，又開始按摩自己的太陽穴。一段時間就這麼過去。

「我想你在我們這兒是大有可為的。」系主任下了這樣的結論。他合起案上的文件夾。「真的。這可是史無前例的創舉。至少我還是頭一回遇到。」

「太好了。」女人回了一聲，聽不出是喜是怒。

「我的意思是，這課才開一個禮拜，學生就已經對你又咬又揍啦！我這麼說吧：有了那麼搶眼的第一步，在學期結束前顯然已得到講課的某種收穫啦！當然囉，這只是某種象徵性的回饋，但總是一份報酬。」

「太好了。」女人淡然地說。「即使只是象徵式的。太好了。」

寫於二〇一四年

佛羅里達那不勒斯完人養成計劃

一、

　　他們因為我的體重而把我關了進去。雖然我都按照自己的步調慢慢來，但能做的我都做啦，只是我的體重到頭來，還是上升得不夠快。所以他們抓走了我。現在我只希望能在兩個月之內離開這裡。我頂多在這兒待上三個月吧。不過這件事真的是我不對。

　　我和辛蒂是去年，也就是二〇二六年的夏天搬來的。我們正式搬到那不勒斯之前就曾造訪這個地方，也被當地寧靜的環境、門禁社區[27]、亞熱帶氣候、一塵不染的購物中心和白沙灘所吸引。怪不得從以前到現在，那不勒斯所在的科利爾始終是美國境內發展速度最快的幾個郡之一。我們首次踏上這塊土地的時候，就覺得這裡果然名不虛傳。這座城鎮是佛羅里達灣岸區的瑰寶，是美國版的小型蔚藍海岸——有了那不勒斯，又何須為前往真正的蔚藍海岸忍受舟車勞頓之苦呢？

　　還住紐約的時候，我們就知道要完全適應這位於佛羅里達的新家，會有一段辛苦的路要走：在我們真正融入當地的生活之前，勢必得經歷一小段磨合期。我們當然徹頭徹尾

讀完了《那不勒斯社區理想生活指南》──少了這本手冊，想在那不勒斯安身立命簡直是天方夜譚。可在實際搬進新家之前，我們根本無法想見當地居民會多麼嚴肅地看待這些生活公約。直到我們安頓下來，也發現這個地方有多一板一眼了，才恍然意識到自己一頭栽進了什麼樣的世界。

結果呢，辛蒂學得比我快多了。是她堅持我們要有兩台休旅車──一台有紅、白、藍三種配色，另一台則是純白色──變胖的速度也是她比較快。快到我們那些大噸位的鄰居都對她刮目相看了。她還學全所有合宜的行為舉止：能證明你就是那不勒斯社區一分子的小手勢和動作、總與五花八門的那不勒斯招呼方式如影隨形的滿臉殷勤與悅色，以及大剌剌地將滿滿的購物車推到車旁，再彈開後車廂把一袋袋的東西放上車的做法。只要我跟辛蒂出門，警衛從不會上前關照我們。但我知道一直躲在她的保護傘下也不是辦法。我自己也該奮發向上；我必須進步。

然而從結果看來，我還做得不夠好。

他們逮捕我的時候，我們已經在那不勒斯生活了八個月。說來慚愧，我這一大段期間只胖了四十磅。這樣是低於標準的，我清楚得很。當然囉，因為那本指南寫得清楚得很，

雖然我從那些芳鄰臉上的表情就能明白這點道理。我本以為入住不過八個月，應該還勉強算是這個地方的新人吧。我真的好傻好天真。

我早該在艾列克——守在我們社區入口的活潑警衛——終於跟個條子一樣問東問西的時候，察覺到自己就要倒大楣了。

「啊，韋斯特曼先生……」有天我正準備把車開進社區，他就叫住了我。

「嗯？」

「容我一問：你現在多重？」

「二百四十磅吧。」我回答。「至少上次量的時候是。怎麼了？」

「你身高不只六呎對吧，韋斯特曼先生？」

「對啊，我有六呎二。」

艾列克噘噘嘴，然後稍微搖了搖頭。

「恕我直言，這種身高的男性最少要重兩百六十磅才對。最少也要有兩百六十磅。」

「我正在努力呢。」我說。「再過一段時間就會達到標

準體重啦。」

我對他笑了一笑，正打算開走時，他又開口。

「我只是提醒你一下，韋斯特曼先生。就只是想知會你一聲。我是說，你也明白人言可畏。」

這段簡短的對話才發生一個禮拜，我就被捕了。老實說，我並沒有把艾列克那番話當作耳邊風。我當晚就下定決心：早上吃司康時要抹更多奶油，每週一、三、五的晚上都要來塊提拉米蘇，不像以往只逢星期四才吃。但辛蒂告誡我，這麼吃根本不夠。

「你每個晚上都該來點油膩膩的甜點。」她說。「你也知道手冊上是怎麼說的。你為什麼就是不照手冊寫的去做呢？」

她說得沒錯。我這份決心確實不夠看：未免太沒誠意，也為時太晚了。幾天後，當我把車停在傍水商場（Waterside Shops），一下車卻被他們押走時，也再度領悟到這件事。

「德瑞克・韋斯特曼？」那位警官說。他身邊跟了一位大腹便便的社區風紀官。那肚子差點沒把綠色制服上的鈕扣給彈飛。

「我是。」

「這是逮捕你的令狀。」

「我瞭解。」我說。「是因為我的體重，對不對？」

「乖乖跟我們走一趟，韋斯特曼先生。」

二、

　　那不勒斯再教育中心就跟我聽說到的差不多。那棟建築座落在機場路往北走，離鎮上約莫兩哩的地方；你開過路邊第三個設有艾克藥局的棕褐色帶狀購物中心就會看到了。是第三間艾克藥局哦，我指的是位於第三個帶狀購物中心的艾克藥局。再教育中心就在右手邊，就在高爾夫球場的旁邊。

　　他們把我關進一個美輪美奐的房間，窗簾是墨西哥萊姆派的顏色，牆壁則繪有紅鶴悠然自適的彩圖。那群紅鶴色調十分淡雅，隻隻劃著柔美的藍色池水，背景裡還有座高爾夫球場。這房間裡擺了兩張加寬的雙人床，我一張，我的室友福恩一張（叫他「牢友」好像不大對，畢竟這房間的環境如此舒適，雖說我們真的無法擅自離開這裡）。我們有台大冰箱，冰箱會定期補滿啤酒、披薩、起司蛋糕等各種高卡路里的食物。牆上共有三台大型電視螢幕，其中兩台是不關的，即便我們都睡了也會持續開著。比較靠近福恩床的那台會全

天播放 ESPN 的節目，另一台則是二十四小時連播福斯新聞頻道 [28]。這房間當然有空調設備，性能也是不出所料，非常之好。他們淨想傳達一些機巧卻讓人無從辯駁的訊息：**如果你夜裡覺得冷，或許是因為身子太過單薄才暖和不起來。**

我的室友福恩有副圓滾滾的身材，所以他顯然是基於和我不同的事由而被抓進來的。

「因為我說了蠢話。」我問他進來的原因，他便這麼承認道。

「你說了什麼？」

「我跟幾個哥兒們跑去雪茄館。後來他們聊起高爾夫球，我就說高爾夫球是項愚蠢的運動。隔天早上，他們就到我工作的地方逮捕了我。」

「就因為你覺得高爾夫球是項愚蠢的運動？」

「哦，這只是其中一個原因。」他說。「但那也夠嚴重了。我的意思是，說出那種話是很嚴重的一件事。被捕也是理所當然的吧。」

「那你還說了什麼？」

「嗯……」他開口，然後似乎改變了心意。「那不重要啦。就當是我自作自受好了。」

「別這樣嘛，福恩！」我開始動之以情。「我們在同一艘船上欸。你就告訴我嘛。說不定我聽了之後，就不敢再亂講話了。」

「哦，好吧。」他說。「一樣是雪茄館那天的事。我當時一定是喝多了。我是說啤酒。因為我記得那天大夥兒都在喝啤酒。總而言之，其中一個人邀我七月四號那天去他家辦的露天派對玩。他說到時候會在院子裡烤肉。」

「然後？」

「然後我說我不喜歡烤肉。」

「你沒這麼說。」

「我是這麼說的。」

「你其實是說七月四號那天你不想烤肉，對吧？」

「嗯。」

「你那句話是在多少人面前講的？」

「五、六個。」

「天啊！」我笑了出來。「被關進這裡算你運氣好，不然你早就被送到塔拉哈西那邊真正的拘留所了。」

「我知道。」他說。「我實在是蠢到家了。」

三、

　　辛蒂今早來探視我，然後我就得吃餅乾了。真傷腦筋，我們明明才吃過有鬆餅有香腸的早餐而已。但訪客就該帶兩打剛烤好的巧克力脆片餅乾來，而犯人就該在會面時間結束之前吃光這兩打餅乾——這裡的規矩就是這樣。他們說這樣有助於提振士氣。

　　辛蒂和我分享她在傍水商場買的幾樣東西，還說她現在會跟一些在美髮沙龍認識的「姑娘」結伴去上摺紙課。辛蒂真的越來越融入這個地方了。她甚至已經會姑娘來、姑娘去地稱呼別人了。我不禁想著，他們或許會看她的面子提早放我出去。

四、

　　這裡的囚犯大多因為體重的問題而進來，不過像福恩這種基於其他情事而觸犯當局法令的人也不在少數。住在走道對面的年輕小夥子克里斯（他的房間一片桃紅，無論是用柳條編織的傢俱、吊扇，還是擺在桌上裝飾用的滿碗乾燥海星和其他海中生物）原本是來那不勒斯當高中老師的，可他沒有為搬家做足準備。他告訴我，在他南下之前，那本手冊

他連一章也沒翻過。所以他做智力測驗的時候，自然就全力以赴了。這邊指的當然是 NRPIQ，凡是想取得那不勒斯合法居住權的人都得參加的「那不勒斯居住許可智力測驗」（Naples Residency Permit IQ Test）。好，克里斯做了測驗，還得到一百三十九分。他們公布 IQ 分數當天就把他給押走了。他們怒不可抑。克里斯被抓進來的第一晚，他們似乎還對他動粗，並將「顛覆分子」、「知識分子」之類的罪名扣在他頭上。他們本打算直接把他丟到塔拉哈西，不過終究是讓他留在這裡了。他們說，他必須在中心淨化自己的思想、捨棄所有「荒謬的念頭和批判性思維」，說這等「高到可恥的智商」已經「迫使他的腦袋病了好多年」：「就像一塊在骯髒地板上拖著走的膠帶，只會沾粘毛髮和灰塵和死去的皮屑。」克里斯這麼引述他們的話。好在這檔事不是發生在我身上。他會在這邊待很久很久，比我或福恩都久。最後還可能被送到塔拉哈西去。

五、

　　跟福恩參加「高爾夫球鑑賞研討會」，一個早上就這麼過去。然後吃午飯，接下來就輪到漫長的審訊時間了。今天

是我進來之後最背的一天。負責審問我的埃德勒醫生來自明尼蘇達，在中心任職已三年。難纏得很呢，這個埃德勒。如果他不滿意我給的答案，就會捧上另一大碗什錦堅果，而我就必須在他繼續問話之前把東西吃個精光。

看來他們之所以逮捕我，不全是因為體重上的問題。看來我在看書的時候，我的鄰居也在偷偷觀察我。我有時會跑到後廊看書，所以鐵定有鄰居發現了。埃德勒醫生第一次審問我的時候，就曾提及我閱讀歐洲小說的問題。不過，我當然極力否認有這回事。

「我這輩子從沒讀過什麼歐洲小說。」我說。「我讀美國小說都提不起勁了，又何必去碰歐洲的作品？」

「小說對我們的社區是百害而無一利。」他說。「已經有相關研究可以證實這一點。小說非但會弱化人的愛國意識，還會讓人變得憤世嫉俗。」

「醫生，我的閱讀習慣根本沒什麼好擔心的。真的。除了園藝雜誌跟美食雜誌——不用說，還有《那不勒斯社區理想生活指南》——除了這些，我啥也沒讀。」

「是嗎？」埃德勒挑起雙眉問。

「是的。」我堅稱。「我家有三台超棒的電視，我還是

Netflix 的三級白金會員。我又何必把時間浪費在閱讀小說上？」

　　這便是他第一次審問我的情形。我本以為自己應對得相當不錯，畢竟埃德勒後來就沒提起小說的事了。我本以為他告誡我別讀歐洲小說，只是某種例行公事，而我在這點上是清清白白的。但他今天不再手軟。在他有點強硬地要求我進一步說明閱讀一事，而我也連連矢口否認之後，他終於抄起桌上一份大開數的馬尼拉紙卷宗，再從中拿出三大張用亮光紙列印出來的黑白照。果不其然。其中兩張就是我坐在後廊閱讀托瑪斯・曼的照片。剩下的那張則拍到我在讀法國作家瑪格麗特・莒哈絲的作品——光靠這一檔，我就可能陷入非那不勒斯社區再教育中心所能比擬的凶險逆境。

　　「你知道，韋斯特曼先生……」他趁我一臉驚恐地看著這些照片時開口說道。「你知道閱讀歐洲小說在全美五十州境內都是違法的，你也知道我們既然在傑布・布希[29]的首屆總統任職期間退出聯合國，閱讀法國小說更是項重罪。」

　　「這些書我一本也沒拿給別人看過，我發誓，埃德勒醫生。我只會一個人偷偷摸摸地看。」我說話的聲音越來越沙啞。

「重點不在於這些小說你是一個人看還是會介紹給別人看。」他正色說道。「閱讀這些小說本身就是一項罪行，而我相信這點你心知肚明。」

「我知道這是犯罪行為，醫生。可這類閱讀就只是一個習慣罷了，我們跟歐洲斷交之前就已經養成了。我只是還無法徹底戒掉而已。」

「即便你住在那不勒斯如此正派的社區裡？」

「是的。」我垂著頭回答。「我想，即便我住在那不勒斯也沒辦法戒除。我一直從體重、高爾夫球等其他面向去改善自己的生活，根本分身乏術……好吧，我想我從未認真思考應該減少小說的閱讀量。」

埃德勒從我手中抽走那三張照片，放回他桌子的抽屜裡。

「我並不打算深究這件事。」他說。「你的鄰居是為了你好，才會在拍下這些照片之後把東西交到我手上，韋斯特曼先生。」

「為了我好？」

「沒錯。你這位鄰居希望你知道，明明住在我們這種忠貞愛國的社區裡，卻還持有這些書籍是件多麼魯莽的事。這

位鄰居想藉此幫助你洗心革面。」

「我會洗心革面。」我說，也開始覺得輕鬆了一些。「我出去之後的第一件事，就是銷毀那些書。我保證。」

埃德勒發出幾聲輕笑。

「怎麼了？」

「你太太已經處理好了，韋斯特曼先生。你就別操這個心了。」

「我太太？」

「是。你太太在你進來的頭一週就把那些小說全都銷毀了。我們都認為留著那些書並非明智之舉。當然，我曾為了這些照片主動和她聯絡。」

我深呼吸一口氣，然後看著他擺在桌上的那張照片，那張有龐然巨大的埃德勒太太和他兩個小孩一塊入鏡的合照。

「謝謝你的好意，醫生。」我勉力自持，喉頭發緊。「我也非常慶幸那些小說已經被處理掉了。要戒除壞習慣，有時候就是得下猛藥。」

「我想你說得對，韋斯特曼先生。若這個壞習慣還是一項重罪，便更是如此沒錯。」

我也真夠蠢的，竟然會在自家的門廊閱讀那些書籍。我這輩子大概再也找不到苢哈絲的任何作品了。

六、

我明天就能離開這裡。福恩顯然表現得不如我好。我跟他差不多同時被捕，但他至少會再待上一個月的時間。據我所知，他的審問官依舊看得出他對高爾夫球恨之入骨的反感。這傢伙壓根沒下功夫。

我呢？我表現得可圈可點。我現在重達兩百九十七磅。我的膽固醇指數高得要命，這身體連一小段樓梯都爬得要死要活。但我可不只這點長進。看了幾乎兩個月的 ESPN 後，我現在對所有球隊都瞭若指掌，也就能泰然自若地和我這個年紀的男性聊一些合乎體統的話題。我悄悄溜進酒吧後，再也不會啞然語塞了。

真的，被關進那不勒斯社區再教育中心未必是件壞事。能靠自己努力，不需要中心在背後推一把，就能成為一名道道地地的那不勒斯人當然是最好，不過也有許多傑出的那不勒斯人士其實是在中心待過一段時間後，才開始振作向上的。就我所知，待過再教育中心並非什麼見不得人的醜事。

字就打到這兒，晚餐的鈴聲已經響了，憑良心講，肚子也挺餓的。等下會有幾位夥伴在食堂為我辦一場小型的畢業派對。如果這派對就像我最近一次參加的那回，現場應該會有插了紅白藍色蠟燭的巧克力起司蛋糕。這至少是祝賀畢業的基本配備。

辛蒂明天會開休旅車來接我。她個人已經達到兩百三十八磅的大關。自此之後，辛蒂和德瑞克‧韋斯特曼就是一對不可小看的夫妻啦。

天佑美國，天佑吾州偉大的佛羅里達與州民。願上帝繼續慷慨施予，一如祂向來以智慧判定該要施予我們。願我們長久善用祂慷慨的施予，盡力榮耀祂的聖名。祂實乃巨大的神，永在天上看顧我們，保我們一日三餐外加宵夜點心不愁吃喝。阿門，我吃晚餐去了。

寫於二〇〇九年

傑瑞的鸚鵡

　　傑瑞四十九歲了，覺得自己一事無成。他年輕時就立志當個偉大的發明家，但這麼多年過去，他什麼發明家也不是。他周遭的人都拿他當笑柄。

　　「喲，偉大的發明家來了！你說你發明了什麼東西？……什麼東西？」

　　這類冷嘲熱諷讓傑瑞好難受。他真的受不了了。他下定決心：夢想當前，他絕對不要再做個臨陣脫逃的懦夫！

　　傑瑞懷著這份決心回到了實驗室。是的，他長期構思的晶片的確在實驗初始階段即宣告失敗，但經過三年的努力，他終於成功改良了晶片。將晶片置入動物的腦部後，就能控制該動物的行為。傑瑞先把晶片應用在鸚鵡身上。

　　兩年後，他達成人生第二個目標。有安裝晶片的鸚鵡能配合一系列的口令而動作：「拿筆來！」「跳個街舞吧！」「把窗簾拉開！」

　　傑瑞開始販售這些鸚鵡。他賺了一大筆錢。但奇怪的事發生了。有一部分的鸚鵡會模仿人類主人咕噥出指令，實際完成指令的卻是那些主人。

「拿筆來！」鸚鵡會說。然後，買下這隻鸚鵡的人還沒搞清楚究竟怎麼一回事，就糊裡糊塗拿了一隻筆給鸚鵡。

怪事還不只這一樁。傑瑞開始販售這些鸚鵡還不到半年，就有一些鸚鵡陸續創造出自己的指令。「拿葡萄乾來！」「打開窗戶把紗窗拆了！」「帶我去哥斯大黎加啦混蛋！」

過沒多久，這些鸚鵡不僅控制了當初花錢買下牠們的主人，甚至連其他人聽到鸚鵡說話，也會受牠們操控。要命的還在後頭呢！鸚鵡占據了所有的豪奢寓所，還設置好繁殖用的設備；牠們接管了晶片的生產線，以期增加同類的數量。這些鸚鵡很快就控制了全世界。

太感謝啦傑瑞。

寫於二〇一〇年

電影二〇〇九

　　這一回，尼可拉斯‧凱吉又得以預見未來，雖然他仍舊只能束手旁觀。他戲裡有場摩托車飆速追逐的橋段，戲外有個六歲大的兒子。他努力當個好爸爸，但這對離婚之後，生活一團糟的他來說是很吃力的事。

　　「爹地，你真的還好嗎？」做兒子的在凱吉幫他蓋被子時問了一句。

　　「一切都會否極泰來的，兒子。」凱吉說。

　　十分鐘後，我們發現凱吉的老婆跟基努‧李維跑了。基努‧李維也能預見未來，因為他腦子裡有晶片。不過他懷疑自己看見的未來都是假象，也不大確定眼下這現況就是真實不虛。問題就出在牙醫幫他洗牙時出手太快太狠，導致晶片有點受損。目前李維正汲汲尋找那位能搞定晶片的俄國男子，並在晶片修好之前極力隱瞞新女友自己擁有預知能力一事。李維這麼做倒也無可厚非，畢竟她就是因為預知能力而離開凱吉的。

　　「他會在三更半夜大呼小叫著醒來。」她整頓早餐都在講這件事。「我實在是忍無可忍了。」

「嗯哼。」李維說。「那是挺難受的。」

他開始被偏頭痛和多重隱喻所擾。他要多久才能走出這個兔子洞？我服下一顆紅色小藥丸，結果卻來到布蘭登·費雪那張娃娃臉面前。他向我揭示足以斷送人類未來的真正威脅，是擁有超自然力量的古埃及腰帶。

「我們得拿到那條腰帶！」劍橋大學埃及古物學家瑞秋·懷茲堅決地說。「只有那條腰帶能打破阿努比斯的詛咒！」

我再吞進一顆紅色小藥丸。

要取得那條腰帶絕非易事，因為金剛正把這玩意兒像尾戒一樣戴在手指上。牠已回到自己的老窩，那座太平洋上的神祕島嶼。我們不清楚牠究竟是怎麼回去的，不過我們知道以前總為牠獻祭的部族已經決定開發當地的觀光產業。他們還替自願成為祭品的女人規劃了套裝行程。

而現在，我就在這座島上一間氣派的熱帶酒吧裡，聽著《慾望城市》的莎曼姍和凱莉討論那隻類人猿的巨屌。莎曼姍已經「犧牲」過了；她鼓勵凱莉也去試試。

「真的很夠看！」她說。「我的意思是，牠光憑那根肉棒就能翻好這一帶的土。」

我又吞了一顆紅色小藥丸。

這間酒吧拒收凱莉的信用卡，因為全世界的銀行都同時倒閉了。事實證明，歐巴馬的管理政策並未奏效，畢竟牛仔式資本主義的漏洞，單靠人類的策略是彌平不了的。

數百萬低教育程度的白人一見歐巴馬的政策失敗，各家銀行也宣告破產，這才鬆了一口氣。他們總算能將美國的沒落徹底歸咎到歐巴馬身上。

「那人都做了八個月的總統啦。」有線電視台上，一位氣沖沖的美國公民大發牢騷；那是密西根一家保齡球館的業主。「從我的立場來看，他什麼屁也沒解決！」

排隊領救濟品的難民和睡在帳篷窟的人家與憤怒的暴民同仇敵愾，個個揮舞寫著上帝有多痛恨同性戀，以及「社會主義不美國」的標語牌。

幫派在滿是人去樓空的止贖屋街區到處火拼滋事，已歇業的帶狀購物中心都付之一炬。

道瓊工業指數跌至三千點以下時，民兵發起大規模的「公民逮捕運動」，圍捕了非法居留的拉丁美洲人。

「美國就是這些人搞垮的！」有線電視台上，有個憤慨的女人扯著嗓子罵。「他們把我們的錢全都拿去濟貧，讓那

些人有吃有喝又有拿。再這樣施捨那些窮人——還是讓我們來買單！——誰能指望他們會自食其力啊？」

我又吞了一顆紅色小藥丸。

道瓊工業指數跌至兩千五百點以下。

本打算燒掉紐約大學圖書館裡的阿拉伯文藏書，結果整棟圖書館都燒成一片火海。

所以，基努・李維是對的。未來的確是個假象。至少其中一種可能發生的未來是。

這假未來的腰部以下會是半擬人的形態；從腹部開始會出現接近鱷魚那種粗糙的網狀外皮。背部會有黃色和黑色的花斑，就類似某些蛇體上的鱗片。不過胸部和頭部就完全脫離人類的模樣了：頸根的地方會是長了纖毛的淡粉紅色球體，可視作某種尚未發育完全的眼睛或資訊輸出兼輸入端。頭部則會是象鼻或觸鬚，上頭還有帶點藍色的環狀斑點，以及許多能顯示這就是嘴巴或喉嚨的特徵。

至於剩下的那一個未來，已經被救贖了——人類的。

寫於二〇〇九年五月

首都

在那裡，一切都是對從前那些壯觀古老的首都所做的拙劣擬仿。等不及似的，歌劇團的首席女伶才剛站上舞台，觀眾就吱吱喳喳聊起了天氣。二樓包廂區的淑女們會將自己的小可愛往下丟；不高興的話，她們也會拿起電捲棒狠狠往下砸。若是出價公道，絕大多數的小販都能手到擒來。有些小販頭上就頂著巨大的水果籃──這表示人家已經被包下了。某天傍晚，我們包廂正下方忽然傳出吵架聲。我的女伴為了提醒一名引座員而掐了他一下屁股，我則在頃刻之間發現自己已來到街上，而且身無分文。

寫於一九八七年

伏爾泰 [30]

　　伏爾泰，這位法國啟蒙時代的作家、自然神論者兼哲學家，於一六九四年十一月二十一日出生於巴黎。他的雙親祖籍都在普瓦圖省，不過由於伏爾泰的祖父是位富商，他們一家早早就在巴黎置產生活。伏爾泰的父親布雷克洛克耐力十足，走起路來昂首闊步。他有深長的肩膀與腰身，以及肌肉發達的頸部、筆直的足踝和不太起眼的頭部跟羅馬鼻。他的子嗣大多繼承了這些生理特徵，包括伏爾泰。

　　伏爾泰年幼時便展現了非凡的技藝。他在兩歲那年出賽過兩次，分別於卡特里克的里奇蒙德俱樂部錦標賽和新堡的新手錦標賽中摘冠。他九歲進入耶穌會的路易大帝高中就讀，一路念到十七歲。他離開學校之後，便到父親為他安排的一家律師事務所工作。不過伏爾泰總希望能致力於文學。他經常泡在巴黎的沙龍裡，後來也終於選擇當一名職業作家，繼而成為巴黎社會一股智趣之泉。

　　伏爾泰在父親的逼迫下（他父親深信他靠寫作是無法溫飽的），於一八二九年展開他生命中第二場，也是最後一場的賽季。他拿下索士錦標賽，在約克的春季運動會打敗場上五個競爭對手，獨得巨額的彩金。他在下一場唐卡斯特的聖

烈治錦標賽中速度僅次於羅頓，擊敗剩下多達十七個參賽選手。整場比賽中，他泰半的時間都按兵不動，等時機成熟了才加速衝刺。但伏爾泰仍無法領先羅頓，最後以半身之差屈居第二。接下來的唐卡斯特盃，亦是他最後一場比賽，由他拔得頭籌。

這些賽事結束之後，伏爾泰違背父親的期望終生不再出賽。他浸淫在文學的世界裡，很快便以其哲學著作、絕妙的智言趣語，和他反對不公正、不寬容、殘暴與戰爭的鬥士形象享譽全歐洲。在十八世紀初的法國，他就是大力支持政治及社會改革中最直言無諱的文人。他藉文章批判當時的國王和教會，也時時擔心自己將因此而身陷囹圄。是故，他留在巴黎的時日相對來說並不長，畢竟他不是被禁止待在巴黎，就是巴黎對他而言，實是危險重重的住處。

伏爾泰作品數量繁多，而且幾乎涉及了各種體裁，包括五十六部劇本、語錄、歷史著作、故事和小說、詩歌與史詩、散文、科學和學術論文、宣傳手冊、書評，以及超過兩萬封的書信。他在今日尤以《憨第德》這部諷刺之作與《哲學通信》聞名遐邇。

然而，伏爾泰一心從文的意圖並沒有扼殺他身為種馬該

有的重大貢獻。他播種後得到兩個大有作為的兒子：查爾斯十二世（由總理之女鶺鴒所生）與騰躍者（由黑白混種的穆拉托之女瑪莎‧琳恩於一八四七年所生）常於賽道上縱橫馳騁，前者曾贏得一八三九年的聖烈治錦標賽，後者不僅是大賽馬會賽和聖烈治錦標賽的冠軍，更肩負起為家族傳宗接代的使命。伏爾泰的其他兒子也有不小成就：哈普力（生於一八三五年）在一八三九年於蒂斯河畔勃頓舉辦的布雷特比盃稱王；約克郡小子曾拿下七月錦標賽，不過賽後不久就去世了；傑克‧雪波（一八三八年生）是匹傑出的北方賽馬，也是在約克、史塔克頓錦標賽中大放異彩，連連逼退良馬愛麗絲‧霍桑的冠軍。伏爾泰的兒子中，後來成為相當不錯的種馬有海盜皮卡戎（由沃頓之女侍娘於一八三五年所生）──後代包括好幾匹善賽的優秀小牝馬──和騰躍者的兄長，與著名的凡丹戈配種的穩健賽馬巴恩頓（一八四四年生）。

親愛的聖ㄉㄞˋ老公公[31]

　　勸你不要在跟去年一樣拿槍射我們了。我們又生ㄉㄨㄥˊ活虎啦。大倫的腳差不多快好了。如果你真的帶槍來的話，我們也不是好惹的。我爸有一個用來殺鹿的步槍，上面架了狙擊鏡。我可以把ㄇㄧˊ鹿從天空射下來。洛夫本來就有槍，最近又得到一個新的。我們有安排一些人守在外面，他們會看看你到底有沒有帶槍。所以你就死心吧，這麼做是沒有用的。然後我要一個 PS3，大倫也要一個 PS3。洛夫的話，你應該早就已經收到他的信了。我們等你來。

　　　　　　　　　　　　　　　　　　賈斯汀

---

[31] 本篇內容為美國孩童在聖誕節來臨前，寫給聖誕老公公要禮物的一封信。原英文內容點出美國槍械氾濫，不時發生槍擊暴力事件的現況，也呈現出就讀二、三年級的美國國小學生經常犯的拼字錯誤、大小寫不分等問題。為傳達寄信人賈斯汀語言的不成熟度，此處特別用錯字、注音、冗長的句子、錯誤的量詞來表現。

好奇

　　好奇害死貓──這有什麼了不起的？我的意思是，因為區區一隻貓，我們就得時時告誡自己凡事不可太過好奇嗎？硬要說的話，「好奇害死一群野牛」或是「好奇害婆羅洲所有種類的甲蟲在一夜之間盡數滅絕」，才有讓人三思而後行的價值吧？可是，貓？拜託！

歷史二

傍晚的餘暉在我書桌上栩栩流轉。我揉揉眼睛,把手中的書放在一堆書上,再將這堆書推至一旁。

我書桌後方的檯面上積了一層灰,還擱了塊破橡皮擦。我端詳著這層灰,然後我注意到了──從光的角度看到了。

這層灰嫉妒那塊破橡皮擦。

我拾起橡皮擦,開始用手來回拋擲。有的。就藏在我掌心感受到這塊橡皮擦的重量裡。嫉妒。

這塊橡皮擦嫉妒我的筆。它向來如此。為何我先前都沒注意到這件事?

接著,那些筆。那些躺在空杯旁的筆。那些筆嫉妒我的白紙,那仍空白的紙。

我看著白紙,白白淨淨,宛如無所依靠的白紙。白紙坐在一片暮色之中。它也有嫉妒嗎?有的。

白紙越來越嫉妒我 Mac 電腦的螢幕。

想來令人沮喪,卻不容否認。事情在十年前根本不是這個樣子的──當時這台 Mac 只是個微不足道,難得能讓我瞥上一眼的玩意兒。而今,它就在這裡,就在我的眼前──

白紙對螢幕的嫉妒。

我從沒料到那麼強大——一度是——的空白竟會變得如此脆弱。

就沒有能讓我棲身的地方了嗎？連那空白的紙裡也沒有？

我查看電子信箱：幾乎全是垃圾郵件。

倒是有封澳洲人寄來的信——三不五時會出現這種情況。對方是寫信來吵架的。他在一些事態上做無謂的爭辯：神學與詩學。我知道，而他大概也知道我們雙方都沒在進行他所想的那種辯論。

可是：這個男人嫉妒我，分明是在嫉妒。我不敢說自己比他高明，但我就是讀出來了，就從那吹毛求疵、充滿試探的語氣——「你難道不覺得……？」「我們必須謹記……」「我真的很想知道……」諸如此類，不勝枚舉——讀出來了。簡言之：嫉妒。

至於我呢——無妨，我就承認吧——我嫉妒如今人在伊斯坦堡的邁克斯。

而邁克斯嫉妒卡夫卡，嫉妒卡夫卡素樸卻無瑕的散文；這位卡夫卡則嫉妒摩西（雖然他總能笑談這件事）；摩西聽

說是嫉妒法老，才會領著百姓跟在一位新上帝送來的沙塵暴後面走出埃及。

摩西由於自己熊熊的妒火而永不得進入應許之地。那他是嫉妒上帝還是法老？誰也說不準。

不管怎麼樣，當初幫助摩西的那位上帝是位善嫉的上帝——祂本人就是這麼說的——無論如何都不能忍受自己的嫉妒遭人所算：馬爾杜克[32]不行，巴耳不行，太陽神也不行。遑論摩西。

說到太陽神，這位神祇在當時被稱作「阿蒙拉」或「阿頓」[33]，時間早於摩西，也先於出現在西奈的沙塵暴。

寫於二〇〇六年

---

[32] 馬爾杜克（Marduk）為古巴比倫人信奉的守護神，後文的巴耳（Baal）則是迦南人信奉的神祇，在西閃米特語系的民族中代表天神而為人所崇拜，聖經記為「巴力」。

[33] 阿蒙拉（Amun-Ra）是埃及新王國時期的重要神祇；阿頓（Aten）為埃及的太陽神，由於法老阿肯納頓（Akenaten）的尊崇始居於顯赫的地位。

食指 [34]

若你記得沒錯——相信你記得沒錯——莉莉·布里斯考對阮賽夫人的愛已經發展到——我們在討論維吉妮亞·吳爾芙——愛屋及烏的地步,連阮賽先生專橫跋扈的自尊自大也一併欣賞。他們當時待在屋前,莉莉還因為阮賽先生要是傷到了小指,整個世界就會毀滅一事而更加喜歡他。班克斯先生則開始顧左右而言他,大聲納悶阮賽這樣是不是「有點像偽君子」。

可我跟阮賽先生一點也不像——我必須站出來澄清這一點——因為我從頭到尾都沒提過這件事。我一聲粗氣都沒吭,這世界更不可能因我而亡。

不過我現在可以從實說來了。我有個好消息。沒錯,我在寫下這件事的同時,感覺自己越來越能振筆疾書。

我右手的食指終於消腫了。我終於可以握起筆,在這張紙上靈巧地寫滿文字,而且手一點都不痛。(我的確還在用紙筆寫作。)

將近三個月前,有隻墨西哥的粉紅鳳頭鸚鵡停在我的手指末梢,還用喙部緊咬著我的指肉不放。牠慢條斯理地磨碎

我的肉，直到見骨為止。這鳳頭鸚鵡雖然聰明，卻不曉得自己當時離鬼門關只有一步之遙，不過，因為我沒有當場掐死牠，這鳥如今很有可能活得比我或牠的主人更久。打從那個時候起，我的手指就一直紅腫，我也一度堅信這傷是永遠好不了了。現在我才明白或許不是那麼回事。

對吧，我再怎麼看都不像阮賽吧──因為我這對這整件事隻字不提。而且我痛的不是小指哦，是我用來東指西指的食指哦。

我的手指歷劫歸來了。我感覺自己可以寫下一整部小說。

寫於一九九八年

---

[34] 本篇提到的人名皆為維吉妮亞・吳爾芙於一九二七年出版的經典小說《燈塔行》中的人物。

貓：來自外太空的萬惡偽動物

牠們盯上我了。這事今天又上演了一遍。恐怕要不了多久，我連在此大聲疾呼都辦不到了。

但，無所謂吧？反正本來就沒幾個人會聽我的勸吧？

不過，我就再拚一回好了。這是我的最後一擊——為我千千萬萬的人類同胞。

在今天之前，我通常會用謙恭有禮的語氣間接表達我想警告各位的事，也會把重點放在相對次要的問題上：狗乎，貓乎——孰為人類適合豢養的寵物。眾所周知，世人有「狗派」和「貓派」之分，而我先前投注了這麼多心力，就是希望能一語驚醒夢中人——我想讓那些貓派就飼養寵物這點重新思考自己的選擇。我想助他們擺脫對自己朝夕相處的這種不潔生物，所抱持的不實妄想。

「貓是我們可愛又聰明的同伴。」他們通常會如此堅稱。「再說，貓比狗有個性多了。」

嗯哼。吃不到法式香煎橙汁鴨胸，馬鈴薯泥也好。

「這樣吧——」我會這麼開始。「咱們來進行一場小小的思考實驗。要玩嗎？」

「好啊。」

「地點是你家客廳，差不多三更半夜的時候。現在，有個嗑了藥的小鬼闖了進來。就是那種癮君子急需買藥錢時，只好隨機闖入民宅洗劫的情況。這傢伙手上拿著輪胎扳手；他打算先打爆你的頭，再搜刮你家裡的現金或任何值錢的東西。好了，為了進行這項實驗，我要請你試想你養了一條狗當寵物。可以嗎？」

「沒問題。」

「告訴我，那個小鬼撲向你的時候，你的狗會怎麼樣？」

「發瘋似的狂吠啊！」這位愛貓人士說。「我的狗會想盡辦法要咬他。」

「我想你說得沒錯。是的，想當然耳。現在呢，請你就以上情境試想一下：當你養的是貓不是狗，那你家的貓看到那名侵入者握著輪胎扳手朝你逼近時，牠會怎麼做？」

「呃……」愛貓人士一時間答不上話了。

「不確定嗎？讓我告訴你這隻貓會採取什麼行動。牠會察覺到事態的危險，於是趕緊躲到沙發後面去。對吧？」

「這個嘛……」

「等到那名侵入者把你幹掉，也拿了你的現金和信用卡一走了之——換句話說，一切都風平浪靜了，你的貓才會從沙發後面走出來看看你的情況。接著，牠會舔舔血，再觀察一下你的模樣。片刻之後，牠就會吃起你的臉來。」

「喂，你這話就說得太過分囉！」愛貓人士通常會在這個時候出言抗議。「我的貓很愛我！我是說，如果之後都沒人來處理死者的屍體，那狗肚子餓了也會吃自己的主人啊。這種事，狗也不是做不出來的！」

「或許你說得對。不過這當中的區別就在於狗會等個兩三天，等牠真的餓到受不了才會下手——反觀你家的貓，牠可是會在二十四小時之內就把你的臉啃得一乾二淨。我敢拍胸脯保證。而且，不管怎麼說，我的重點應該非常清楚了：你的愛貓壓根沒想過要保護你。牠就顧著躲在沙發後面，只求自己毛茸茸的小屁股可以全身而退。所以囉，從這件事看來，我們就知道貓很——？」

「我不知道……很聰明？」

「嗯哼。史密斯幹員不也聰明得很，但這不表示我會想跟他同住一個屋簷下。」

「無論如何，你說的這件事是不可能發生的。」愛貓人

士如此論斷。「而且我也無法斬釘截鐵地說我家的貓絕對不會為我挺身而出。世事難料嘛。」

「對。你的貓說不定會站出來保護你。對。」

我有時也會提出不同的情境：假設有位愛貓人士正和她家的貓在客廳裡看電視，卻不知有個女巫就在窗外徘徊，還決定把她縮成六吋大的小人。忽然之間，原本坐在沙發上，還有她家毛毛在一旁作伴的女人真的只有六吋大了。這個時候，我們的親親寶貝毛毛會怎麼做？

當然，對方通常會開始閃爍其詞，用同樣的一句「呃……」回答我的問題。

「你這隻愛你的貓會盯著你瞧個四、五秒，或許還會有點困惑，但接下來就會使出右爪狠狠一揮，然後伸出左爪再揮，然後用下巴一頂，你的脊椎就斷了。牠就這樣擺弄你，直到牠吃完晚餐為止。不相信哦？」

「我的貓才不會幹這種事。」

「得了吧你。話說回來，狗在這種情況下又會怎麼做？請想像一下。真的：請試圖想像一下。狗會做出非常不同的反應。狗一見自己的主人突然變得這麼小，一定會驚慌得嗚嗚直叫，尾巴也會緊張地擺動起來。牠會拚命跑來跑去，努

力思考應該怎麼辦才好。換句話說，**狗表現出來的行徑，就跟一個人碰到這種情況時反應差不多**。而這就是狗跟貓的差別──天差地別，就像狗和蜥蜴之間的差異。」

我為愛貓人士舉出這些假設性情況，也指出貓其他顯而易見的缺點（貓毛到處粘，還有貓砂盆的問題啊老天！），但說到最後，對方通常還是堅稱跟貓同居根本不是什麼邪門歪道的怪事。倒是他們掉頭走人時，大多會因為我一開始提出的這些狀況，而認定我是在無理取鬧。

愛貓愛到喪心病狂了。沒這回事？試著幫助他們解決問題，卻落得遭人反唇相譏的下場。我的話到底有沒有穿透那團團包圍他們頭部的貓咪迷霧，直達他們的腦袋呢？

但那都是過去的事了。過去不可追，重要的是現在。現在，我不會只跟愛貓人士講講道理就作罷。不，既然事關全體人類，我決定要把貓那些「真正」的真相全都公諸於世。因為總得有人跨出這一步，而且說老實話，我也看夠那一再發生於我們生活周遭的事情了。如我先前所言，我個人就在今天，又差點被這群邪惡怪物的一員給解決掉。

我當時正走在台北一條巷子裡，就離我的住處不遠。最近這幾天，我注意到有隻陌生的貓會在附近出沒；每當我出

門上班，都會發現牠悄悄溜到停在路邊的車子後方，然後就開始怒視我。一隻混雜了牛奶糖色和灰白色的小討厭鬼——他們都管這種貓叫……斑貓？我懶得理牠，只回瞪了牠一眼。

我應該說明一下：台北的小巷也算交通繁忙的地段，常有人騎著摩托車或速克達路經此處。孩童有時也會在這些巷子裡快速地跑來跑去。大部分的小孩能平安活到現在也算奇蹟一樁了——不，還沒到這麼令人驚嘆的程度，畢竟仍有少部分的孩童確實因為車禍而丟了性命。

言歸正傳。當時下了班，正要回家的我走在小巷子裡，接著便有台載著兩名年輕女子的摩托車朝我高速衝來（沒什麼好擔心的，因為她們應該只會從我身邊飛馳而過）。豈料這一回，那隻流浪街頭的斑貓竟決定從路邊的車下奮身一跳，不偏不倚地撲向那兩位年輕女子。

各位覺得騎著這台摩托車的台北女孩會怎麼做？輾過這隻可憐的小貓咪？怎麼可能！她一個急轉，就把摩托車直直轉到我面前來：撞傷路人總比撞傷流浪貓好多了，不是嗎？

我及時跳開，結果一屁股跌坐在地，臉上的眼鏡也飛了出去，那摩托車上的兩個女孩則打滑了差不多十五公尺才停

下。

　　被載的女孩一臉驚慌地跳下摩托車，趕忙跑來探視──那條臭貓。載人的那位給了我一個不置可否的微笑，並說：「抱歉。你還好吧？」

　　「不，我不好。」我一邊回答，一邊慢慢站起來。「第一，這是條巷子，你騎太快了。第二，照你這種騎法，兩三下就能把我送進醫院。要不是我及時跳開，現在骨頭都斷好幾根了吧。」

　　「好啦，對不起。你沒事就好。我的意思是，我是看到貓了，但我沒看到你。」

　　而她這種說法當然是說不通的──想想我跟那隻貓大小相差多少就知道。可是，你又能指望她可以給你什麼交代？

　　「貓咪沒事。」另一個女孩說。她氣喘吁吁地跑回來。我這才看到她頭上那頂 Hello Kitty 安全帽。

　　「呿！」我噓了一聲，然後站起來拍拍身上的灰塵，掉頭走人。

　　講到這裡，各位或許能從中瞧出一種日常性的交通小事故：被嚇了一跳的貓忽然衝到街上，駕駛見狀馬上緊急轉彎，然後就撞倒了路人。我卻不是這麼看的。不。因為這種事可

不是今天才有。事情的真相很簡單：那隻貓企圖致我於死地。牠一開始就是奉上級的命令，才會踏進我居住的社區，好伺機奪取我的性命。是的，我今天發生的這場小小意外說穿了就是謀殺未遂的案件。這就是為何我總算打定主意要公開手上那些貓的相關資料。因為事情的真相必要揭露；一定得有人拆穿牠們的西洋鏡，而且事不宜遲。

貓其實是為了占領地球，才會光臨我們這顆星球的外星物種生命體。牠們是一種寄生物，但模仿哺乳動物的技術已經非常成熟──以便接近我們，這些被牠們催眠的人類宿主。牠們在占領地球這方面也有階段性的進展。相信牠們很快就會啟動第三階段的任務。到了那個時候，我們就連掙扎的機會都沒有了。

不管那些貓是出於什麼原因，總之牠們選擇先用催眠的方式控制我們廣大的女性同胞，再藉此滲入我們的生活圈。所謂的「萌」就是牠們的主要手段。仔細想想，早期那些無法與男性順利交往的女性會轉而投身宗教圈，或當起志工，或從事某些慈善性質的工作。可是，現在呢？參加社區服務、祈禱課、編織班都落伍了。如今這類女性大多變成了「貓女士」。簡而言之，她們不再為人類服務，而是把時間挹注

在照顧這些來自外太空的萬惡貓科寄生物上。所以囉，這些寄生物會繁衍下去，又有什麼好驚訝的？

我剛有提到宗教嗎？各位可曾注意到，在這些貓女士的眼裡，貓竟然變成了幾乎等同於宗教崇拜文化中的聖物？牠們業已取代耶穌、聖母瑪利亞、佛陀先前不動如山的地位了。不過，這事也並非純屬偶然；一切都是經過算計的。貓正誘導人類一步步去崇拜牠們。

我剛是說催眠嗎？說催眠還算小看牠們了咧。大家都知道貓會傳播一種名為「弓漿蟲」的腦病毒，凡是接觸到牠們排泄物的人都會受到感染。萌死人了，對吧？請再思考一下：當這些貓就在你家那小小的貓砂盆裡拉屎，拉完之後還用那「旨在遞送屎屑」的肥嘟嘟肉球踏著摻和屎糞的貓砂到處走，你會接觸到貓的排泄物，應該已是在所難免的了。因為桌上有，椅子上有，沙發、料理台處處都有，真可謂「屎」橫遍野，也難怪家裡有養貓的人會淪為這種病毒的帶原者。順帶一提，據說精神分裂症和腦癌就與這種病毒有關，而且事實證明，這種病毒——太棒啦——**會讓其他哺乳動物的腦部發生變異，開始對貓的尿味迷戀不已。**

沒有，我沒在胡謅。科學家推測貓為了讓齧齒動物對牠

們的尿味產生好感，已經和這種病毒發展出休戚相關的共生關係，而這寄「貓」籬下的病毒就會提供貓一點點蛋白質，也算不無小補啦。接下來呢，各位貓派先生或女士，您猜怎麼著——在這組反應式裡，閣下就扮演著嚙齒動物的角色。受到病毒感染的你被你那邪惡寵物的尿味迷得神魂顛倒，終於日復一日俯首貼耳地餵養牠、照顧牠，牠卻坐在一旁睥睨你，心想若能把你縮成如鼠一般的大小，然後出手往你這邊一拍、那邊一打，就如此這般玩上一會兒後再一口咬掉你的頭該有多好。

是的，科學家認為進化足以解釋這種病毒的行為，但我有不同的看法。我一般都會支持進化論的觀點，可我在這檔事上卻嗅到智慧設計論的味兒——外星物種的智慧設計論。這病毒其實是一種置入在貓體之內的高階生化武器，目的在使全人類臣服於這些惡臭的偽哺乳動物的腳下（說得更確切一點，爪下），繼而受制於牠們的外星主子。

托這群寵物的福，目前估計已有六千萬名美國人感染了弓漿蟲病毒。政府應該下令取締家貓。就這樣。我在想，工業用的粗麻布袋加上磚塊或許是個可行的辦法。要不我們也可以比照處理狂牛症牛隻的方式來解決這個問題。然而，眼下又是什麼狀況？非但政府沒有制定一套合情合理的公共策

略，各種親貓的宣傳更以排山倒海之勢壓倒了全世界！

我還需要提及 Hello Kitty 這造孽的品牌嗎？它敗壞了全球無數少女的心智，許多少女更在轉眼之間變成被 Hello Kitty 手機或鑰匙圈俘虜的職場女性。再過不久，她們——正是，如您所料——就會變成徹頭徹尾的貓女士了。

還記得我於九〇年代來到亞洲時，就因為看見充斥在當地文化中的 Kitty 圖像，那少了嘴巴的小小白色惡徒而感到震撼不已。我當時還想不通自己如此顫慄的原因。現在我明白了。我那時體會到的是一種山雨欲來的預感：這股慢慢滲透的勢力，正好邁入另一個全新的階段。

事隔二十年，Kitty 也已滲入了西方的世界。我在美國看到滿街的 Kitty 女孩，貓女士也隨處可見。既然有艾薇兒起了頭，剩下的自可迎刃而解。

地點跳回台北的北區，我會趁工作空檔去抽根菸的某座公園。有個樣子瘋瘋癲癲的貓女士每天傍晚都會在附近走動，為那些流浪貓放好一個個盛滿喜躍牌貓糧的小塑膠碗。牠們會窩在路邊的車下一邊等她來，一邊用那外星生物的眼睛怒視正在抽迷你雪茄的我。牠們發現了。牠們知道我已看穿牠們的陰謀。

但若說到總在公園另一頭遊蕩的那位無家可歸，又少了一條胳臂的老婦──這個貓女士又可曾給過她什麼東西？從來沒有。一週內總有幾次，我會跟那位老婦聊上幾句，並在她碗裡留下一些零錢。這個時候，該名貓女士則在餵食那些來自外太空的寄生物，好進一步確保牠們都能繁衍安存。

我從旁觀察這位貓女士在公園各處「巡貓」的模樣。她一副心神不寧的樣子，臉還會緊張地抽搐著，而她的腦袋已經被病毒啃蝕光了。

世人究竟何時才會警醒過來？事實不都擺在他們眼前了嗎？這些懷有侵略意圖的貓科動物，都已經開始讓人類堅信自己天生便有為貓做牛做馬的義務了。

我剛是說「人類」？或許我該改用「冒牌貨」、「仿真機器人」才對。

我在幾年前讀到大衛‧柯克派屈克的《臉書效應》，一本關於這席捲全球的社交網絡平台背後的創辦概念與創始過程的著作。柯克派屈克主要在探討種種讓臉書成功崛起的初步策略，以及馬克‧祖克柏這一路走來，不斷展現關關難過關關過，甚至早在問題出現的數個月前，就能預見癥結所在的聰明才智。令人嘖嘖稱奇的故事。然後──就在我拜讀完

《臉書效應》之前——有天我在當地的咖啡店閱讀這本書的時候，忽然意識到：「這個叫祖克柏的傢伙其實不是人吧。」

而他果真不是人。

馬克·祖克柏是架外太空的機械。祖克柏是個仿真機器人。那些貓把他帶到地球上來了。掃掃臉書上的動態消息吧，你就會明白這到底是怎麼一回事。看看那些貓照、用貓當成的個人顯圖，還有無一不在顯示這群「動物」的各種技能與萌樣，那沒完沒了的 YouTube 貓影像連結——一言以蔽之，源源不絕的視覺式踐踏。

作為一種心理戰術，臉書確實是出類拔萃，不是嗎？你不得不佩服這些可鄙的外星生物。「祖克柏」，這個據聞來自紐約白原市的聰明猶太小孩開創了一扇門，接著這些貓便踏進這扇門，大舉吞噬我們身為人類的自覺。想想吧，現在大家都會拿貓臉當作個人顯圖了。世上還有比這更有力的宣傳手法嗎？人類都自行與那些即將奴役他們的外星生物合為一體啦！

我還沒說到日本的漫畫呢。挺著香瓜般巨乳的貓臉女孩宛如夢魘一般接踵而至，任何一個神智清醒的男人見了都會嚇得倒退三步。多數的西方男性就會倒退三步。然而，這種

女性形象已然滲透亞洲人的心理，年輕一代的亞洲男子甚至開始幻想能與似人的貓科動物翻雲覆雨一番。我知道，因為我聽說過這種事。至於女性，她們也開始捧著自己白花花的薪水去整眼睛、整臉頰，整得更有貓樣。

被無往不利的 Hello Kitty 品牌和這些日本漫畫中的少女左右夾攻的我，又在台北發現當地的青少年都在閱讀最新一集描寫貓族皇室的歷險小說──各位覺得我會是什麼心情？這些小說裡應該沒有半個人類角色吧；故事情節的開展都是那些會說話的貓科動物，在不同家族之間進行的明爭暗鬥。

而我之所以說「應該」，是因為我不大清楚這些書究竟寫了些什麼。基於個人原則，我拒碰那些東西。

按照以上種種持續中的情事來看，牠們還要多久就會邁入下一階段──就會伸出牠們的魔爪，壓下「全面控制」的按鈕？說不定牠們根本不會發動政變；說不定牠們就在我們渾然不覺的時候慢慢得勢，終於居高臨下。這會是一場悄無聲息的占領行動，而非喵鳴大作的揭竿起義。假以時日，絕大多數的地球人睜開雙眼之時，就會發現自己已淪落到沒日沒夜辛苦勞動的處境，或在大型的貓玩具工廠裡嘔血加工，或死命磨碎龍蝦和魚的屍體，再將那些細末跟喜躍牌「船長

拼盤」的罐頭搬上一輛又一輛的大貨車。那貓呢？牠們正在用靜脈注射的方式餵食我們呢。在這處貓咪烏托邦裡，人類將被束縛在牠們充滿魚腥臭的砂輪機上，身心皆然。

呃，這最後一句怎麼看就是怎麼不對勁。算了。總而言之，那些貓接下來就會有外觀上的變化，即我所謂的「第四階段」：現出原形。我這一區的某些研究同好（察覺到茲事體大的可不只我一個）設法弄到貓在第四階段會呈現什麼模樣的照片。相信我，那一點都不可愛。

我當然察覺到諸位之中或許有人會懷疑我這些說法；或許有人不相信貓真的是被派來奴役人類的一批外星物種。或許有人會覺得我是因為對貓過敏，加上四歲時被祖母的貓抓得遍體鱗傷，而我至今還不願原諒所有的貓，所以我就是討厭貓，所以我瞎扯出這一大堆的鬼話。但我還想向各位提出一些證據。各位聽了之後，應該就無話可說了。

首先，當我說貓是來地球叫人類卑躬屈膝地俯首稱臣，我指的只有**家貓**。獅子啦、老虎啦、美洲獅啦、黑豹啦、獵豹啦、美洲獅啦——這些大貓都是非常優秀的動物，我一點都不討厭。沒錯，唯有小貓，唯有看似不會對人類構成威脅的小貓，才是我提筆抨擊的對象。

因為如果你調查一下這些小貓的過去，就會發現一件非常奇怪的事。關於小貓的歷史，古動物學家真的無法提出一套詳盡的說法。

　　請想想：貓最早是在埃及，約莫金字塔完竣之時為人類所馴養的。我們就是在埃及首度挖到被埋葬起來的貓骨，顯示當時的貓是作為寵物被人飼養的家貓。然而有趣的是，這些貓的品種和類別在動物學記載上就只出現這麼一筆。因此，我們至今仍未發現任何在體型上近似於當時埃及家貓的野生貓科物種。換言之，該筆記錄顯示這個物種一開始就是作為人類的寵物，而出現在法老時期的埃及境內的。意即：**該物種在埃及人的家庭裡活動之前，根本不存在。**

　　怎麼可能？狗或其他動物被馴養的歷史都可輕易溯至原始人的年代了，家貓的歷史卻不行？這又意味著什麼？

　　我來告訴你。

　　家貓是**純人工物種**。牠們是**冒牌的動物**。牠們被基因改造成正適合人類豢養的寵物。進行改造工程的外星人以野貓為粗略的模型（這些外星人想造出一看就知道是哺乳動物的東西），但讓這些即將踏入人類家庭的貓體型再小一點，再工於心計一點。然後，埃及人就上鉤了：他們把這些東西

帶進家門當寵物養，飼養家貓這瘋狂的習俗便自此擴及全世界。

我的研究資料亦讓我相信這些「動物」的腦袋裡都裝了某種生理晶片，讓牠們能直接與外太空的指揮官聯絡。貓可能還聽得懂人話，畢竟牠們大腦系統發生故障的時候，嘴巴就偶爾會開始咿呀啊的，試探性地發出一些人類的說話聲——許多貓觀察家都證實了這一點。也或許這些貓是在練習講話，為直接對我們下達命令的將來做準備。

在我看來，埃及人會成為這種寄生動物的首批宿主也是可想而知的事。如艾利希‧范‧丹尼肯（Erich van Däniken[35]，曾獲諾貝爾獎提名，但因瑞典愛貓人士的陰謀暗算而與大獎失之交臂）和撒迦利亞‧西琴（Zecharia Sitchin）等知名考古學家就曾指出，已經有確鑿的證據能證實埃及人在工藝發展和金字塔的建築工程上，就是使用外星人教授他們的技術。事實上，那些金字塔有可能是供外星人降落的跑道上某種重要的地標，一如祕魯的納卡斯線（Nazcar lines）。在我個人的想像裡，各種超智能的邪惡貓物會乘著幽浮而來，待牠們降落在埃及的沙漠之後，就與法老會面，指示對方該如何為牠們的最終大回歸備妥降落的跑道。而這最終大回歸，就我個人推算，將會發生在二〇

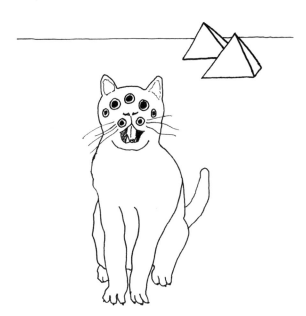

二四年。至於法老，他還能怎麼辦？他老大也只能回個：「各位貓大人說了算。」

　　好，我知道這篇文章夾雜了太多資訊，可能會讓各位一時難以消受。但我的重點是，我們必須治治這群臭貓！真的，亡羊補牢，猶未晚也！但或許一切都為時晚矣。因為那些貓早與我們寸步不離，因為牠們正一步步達成階段性的目標。牠們已經無所不在了。看看那些炙手可熱的貓咪商品，再看看那些貓女士──誰敢說我們還有一絲絲捍衛家國的機會呢？

我只是試著發出警告。我早該在八百年前發出警告了。我把我知道的都告訴各位，「是非真假」都由你們自己決定。這就是各位身為這個偉大國家的公民所享有的權利啊。但若有人能從我這篇文章讀出如此昭然若揭的真相，拜託幫忙轉一下！快，再遲就來不及啦！「邪惡」就藏在你我之中！「出手」的時刻到了！

枚德林

寫於台北

二〇一四年七月二十六日

[35] 為展現美國一些政論型部落格留言區裡常見的錯字連篇，甚至誇大不實的情況，作者特意在本篇放進幾筆毫無理據的資訊，也將此處提到的瑞典民間科學愛好者「艾利希・馮・丹尼肯」（Erich von Däniken）誤植為「艾利希・范・丹尼肯」（Erich van Däniken），並把下文中，出現在祕魯納斯卡荒原的「納斯卡線」（Nazca lines）與「全國運動汽車競賽協會」（National Association for Stock Car Auto Racing）的縮寫 NASCAR 混淆成 Nazcar lines。在翻譯上，特將「納斯卡線」轉譯成「納卡斯線」，如中文使用者有時會將「大發利市」說成「大發市利」，把「如釋重負」講成「如釋負重」的情況。

關於意識的難題

「我想當個瘦子，可我偏偏是個胖子。」一個女人對著自己映在櫥窗上的身影說。

「我在這一帶天天聽到有人吐這樣的苦水。」櫥窗答道。「有這種苦水可吐，你難道不覺得自己挺幸運的嗎？」

「我猜你是因為第三世界那些挨餓的孩子才這麼說的……」女人說。「反觀身在第一世界的我們，卻是一群胖子。」

「現在沒有人會講『第一世界』了。」櫥窗說。「大家都用『已開發國家』這個詞。」

「我沒在趕所謂政治正確的流行。」女人說。「我光想著要變成瘦子都來不及了。更何況，我還有自己的事業要操煩。」

「你想聊事業的話，我沒意見。」櫥窗說。「就是別再提你想變成瘦子的事了。我今天已經聽到九個女人在抱怨這件事，而現在還沒十點呢。」

「跟你抱怨的那些女人──她們是比我瘦還是比我胖？」女人問。

「有的比你瘦，有的比你胖，但這有什麼好比的？你跟她們都不愁吃穿，都沒有理由好抱怨。」

「聽著，你有所不知。」女人說。「我去過第三世界，那邊也是有胖子的。別以為第三世界裡的人個個是瘦子。」

「差別就在於他們必須為每一餐飯而苦惱……」櫥窗說。「不像你們閒閒沒事幹，還有那個心力思考肥胖或纖瘦的問題。」

「我想是人就有思考的必要。」女人稍稍若有所思地說。

「是的，這就是關於意識的難題。」櫥窗答道。

「你身後那些服裝模特兒──那些假人就不思考。」女人說。「假人很瘦，也沒有所謂意識不意識的問題。我要是個服裝模特兒就好了。」

但櫥窗並沒有回應這點。它今天已經受夠這樣的對話內容了。櫥窗將視線──或者說，它那光亮的表面──聚焦在女人身後，街道那熙來攘往的景象和閃爍其間的光芒。

智慧

　　人生漫漫，幾多風霜幾多苦，卻也能為我們增長智慧。人是會學到東西的，一如我，就從蛾的身上長了些見識——蛾不喜歡人幫牠們洗澡。牠們不愛說話，於是藉身上的灰塵展顯自己一部分的個性。滿身灰塵的蛾似乎十分需要好好洗個澡，實際上卻是洗不得的。我發現一件事：這世上再也沒有任何生物的模樣，會比一隻用硬毛刷刷洗得乾乾淨淨的蛾來得孤苦伶仃，無依無靠。我在這條漫漫人生路上還學到其他不少的東西。待時機成熟，我再振筆留言，兒子。

寫於二〇一四年

歷史三

藍色的男人一開始只是緩緩往下走，接著就掉進斜坡陡峭的深深海底。他們一笑，世界也跟著笑了。

黃色的男人很友善，隨時都能在你身邊坐下，開口和你說話。他們什麼都接受，幾乎不挑食，而且無法吹毛求疵。

銀色的男人心中總有塊放不下的大石頭，致使他們大多時候都保持沉默。他們會忽左忽右閃動著眼球，等待自知令人遺憾的結果。

綠色的男人——我們必不可談論綠色的男人。

白色的男人會坐在他們岩塊的邊上。他們要不殺了你，要不助你奮力攀上這岩塊的至高處。你或許不想死，不過，抵達巔峰之後，你或許也沒多少可以利用的價值。

透明的男人會在夜晚的公園裡出沒，就出現在你身後。你能從脖子感受到他們的鼻息，你能在寒氣之中看見他們的身影。

紅色的男人會在台上疾速跑動著。若你看見一閃而過的超亮白牙齒，那就是他們了。切勿模仿紅色的男人：他們虛榮且膚淺。

橘色的男人善修理、會拼裝，你想組什麼他們都能一手搞定。許多橘色的男人就像黃色的男人，只是前者多了機械方面的天分。剩下的那些還可能是哲學家。

粉紅色的男人——有時被稱作紫羅蘭色的男人——往往遭人漠視，一如他們生來往往具有超乎標準的勇氣與才氣。

黑色的男人會採取必要手段，然後他們會退一步思考，但這一步他們跨得很小很小。黑色的男人早就卡好位置了。

金色的男人……這世上真有金色的男人嗎？有人說有，有人則說老古板才相信金色男人的存在。「我看你也信上帝吧？」他們會這麼說。

藍色的男人：如果他們笑了，就表示全宇宙都在笑。

我對藍色的男人，當然還有他們金色的孿生兄弟最感興趣。

寫於二〇一〇年

最後一批男人

全美境內的婦女趕忙跑到彼此家中，嚷著：「噢，多美呀！這在哪裡買的？」

做女兒的翻翻白眼，大喊：「鬧夠了沒！」

做父親的無不斜躺在寬螢幕電視機前若無其事地搔搔睪丸，然後往上搓搓肚子。他們的肚子鼓鼓撐起沒塞進褲裡的白襯衫，一如那時風吹鼓了他們祖先張在船上的白帆。這些祖先被稱為 The Last Men，「最後一批男人」。

偶然有隻寵物鸚鵡分明是吃了熊心豹子膽，竟敢叫出這帶衰的名字；為了自身的安全起見，牠還故弄玄虛，硬把 Last Men 拗成 Brast Wren。

導致最後只剩詩人記得這件事。

寫於一九八七年

紙燈籠

你駕車開過一片漆黑，駛上一段彎彎曲曲的山路。你高中的社會科老師就坐在駕駛座旁邊。他沒開口說話，但他臉上的表情在說，他知道你所不知道的事。

山路向上蜿蜒；又一隻碩大的蛾被車子的擋風玻璃彈開了。你還得拐過幾個彎，才會抵達那個用紙燈籠照明的村落。

太好了，老高把這台賓士借給你開。興旺看到車一定會笑得合不攏嘴。徐和他那幫弟兄倒不會這麼反應。

你到場的時候，婚宴應該正熱鬧吧！想必市長已經致完辭，承辦人員也都醉醺醺了；想必，舒芬就穿著無袖禮服，一身亮錚錚地端著香檳，一手一杯。

在場的人會先罰你三杯高粱。天曉得他們接下來會罰你幹嘛。到時候你還得用那口破中文跟大家敬酒，被大家恥笑。無所謂。婚宴結束後，舒芬就會到你房間找你，或由你去她房間找她。

有隻手用力搖晃你的肩膀，也搖醒了這場夢。他們已拉開百葉窗，外頭的光亮得你瞇起了眼。是徐跟他的一個手

下。他們用手槍指著你。

「搞什──」你開口說。

「他們去哪裡了？」徐說。

海鷗嘎嘎的叫聲穿窗而入，還有推土機轟隆隆的巨大聲響。

「你告訴我們他們去哪裡了不然你不離開這個地方活著。」徐的小弟用一口破英文咆叫。

寫於二〇一〇年

參

台北：微混亂的城市

大安區

　　有個男人站在人行道上，衝著眼鏡行展示櫥窗裡的名牌太陽眼鏡又吼又叫。然後，我發現自己完全贊同他的說法：「沒錯！去你媽的太陽眼鏡！你他媽老幾啊！」

　　而那一排排的太陽眼鏡只是默然看著我們，對我們的叫囂置若罔聞。

　　事情就快變得不可收拾了。

寫於二〇一四年

自然教學法

　　我還沒刮鬍子，人也還昏昏欲睡，但依然鎖上我在台北這位於五樓的家門，等著電梯來。我看看手錶，上課快遲到了。然後，當自高樓層龜速降下的電梯總算在我面前打開，我便瞧見這位媽媽和她年幼的兒子。這對母子是樓上的住戶；兒子差不多四、五歲，抱著一大片用保鮮膜包好的西瓜。那是片黃肉西瓜，而且顏色就跟他 T 恤上印的腳踏車一般黃。做媽媽的則提著一只過大的 LV 包包，臉上仍舊化著過濃的彩妝。小男孩對我笑了一笑，但婦人始終低著頭。

　　接著，就在電梯關起門時，她忽然狠狠打了一下兒子的頭，還用中文破口大罵：「不要一直摸西瓜！都被你摸壞了誰還想吃啊！西瓜就像蝴蝶的翅膀，一摸就壞！」

　　電梯開始往下走。我從鏡中觀察小男孩的反應。

　　「有人會吃蝴蝶的翅膀嗎？」幾秒鐘後，兒子問媽媽。

　　她「嗤」了一聲，然後只回一個字：「笨。」她將那只大包包往身上一攬。

　　電梯快到一樓時，我和鏡中的小男孩對上了眼。就在這個高大的外國人面前被打被羞辱，小男孩心裡肯定很不好

受。正當電梯準備停在一樓，我便笑著告訴他：「我們國家的人會吃。」

於是小男孩望向媽媽，並在電梯即將開門之際不服輸地說：「他會吃蝴蝶的翅膀！」

我步出電梯，卻瞥見這位母親橫眉豎目地瞪著我。可是小男孩開心了。我知道他的腦袋正在描繪外國人吃著黃色蝴蝶的翅膀，那副津津有味的模樣。

如今，上課快遲到這件事已經變得無關緊要。我走進雨裡，撐起那把不大堅固的破傘朝著捷運站走去。我很慶幸能在電梯裡碰到那對母子。大人就該盡可能趁孩子年幼時，多多啟發他們才是。

寫於二〇一四年

碎紙機

　　這是篇關於威斯康辛州一名綽號「碎紙機」的連環殺人魔故事。他用碎紙機製作香腸；香腸的成分之一就是落進碎紙槽那一條條形似義大利扁麵的絞肉。因為這樣，他做出的香腸總有一種特別的，能令人垂涎三尺的口感，跟其他香腸攤商調製出來的完全不同。還有那獨一無二，難以名狀的味道。這香腸逐漸成為威斯康辛農家市集上的熱銷產品。

　　後來，警方盯上了他。精明的他銷聲匿跡了好一陣子。

　　為了隱匿行蹤，他動了好幾回整容手術。之後，他移居台灣，還在某間小型私校教起了英文。剛開始的幾個月，一切都進行得非常順利；那段過去似乎真的成為過去了。後來有一天，因為祕書休假，他便應校方請託外出採買一些用品。他在店裡看見一台可調節速度，還配備超大容量碎紙槽的日本進口碎紙機──他按捺不住了。他買下這台碎紙機，並把費用記在學校的帳上。

　　結果他製作的香腸在台灣賣得比他在威斯康辛時更好。「碎紙機」講課的方式也得到熱烈的迴響：他常營造出生動、怪誕的課堂氛圍，學生（大多是青少年）都聽得津津有味。他的學生很多，而且越來越多，可說也奇怪──他的班似乎

就是大不起來。他的教室總會空出好些座位。

　　碎紙機靠香腸和教書海削了一筆。但警方這邊也根據實際情況展開了行動。學校附近的大街小巷貼滿了「尋人啟事」的海報，而學校的主要辦公室裡竟有人賣起了香腸。

　　「我只會碎掉不會使用現在完成式的學生！」殺人魔在受審過程中如此高喊。

　　他的律師團極力主張應從輕量刑。他們宣稱被告：（一）不過是在展現一名威斯康辛人所繼承的文化遺產[36]；（二）由衷想要提升台灣的英語水平。

　　　　　　　　　　　　　　　　　　　寫於二〇一一年

---

[36] 本書作者的家鄉威斯康辛州曾因數次發生連環殺人案件而見報。震驚一時的連環殺人魔艾德・蓋恩（Ed Gein）和傑佛瑞・丹墨（Jeffrey Dahmer）兩案最為人所知。

我哈台灣奧巴桑

一、

　　好啦你最了不起啦擋在旋轉式柵門的入口前翻找包包裡的悠遊卡彷彿天底下就你一個人而已嘛後面六個人全都擠在那邊過不去嘛你還瞥了我一眼好像在說「我都五十六歲了一手養大兩個兒子其中一個還是台大畢業的老娘讓個屁路！」哎喲台大是嗎啊不就好厲害陳水九騙的母校嘛我上班快遲到了一邊涼快去啦奧巴桑

二、

　　我每逢星期六就只能抓緊下課時間去買杯咖啡喝或許只有三個人在排隊吧兩個奧巴桑加一個男人那兩個奧巴桑跟櫃檯小姐說拿鐵會比卡布奇諾大杯嗎？對了刷什麼什麼卡是不是可以打折？哦等等哦我有帶什麼什麼卡阿娘喂 2% 的折扣溜我來找一下卡什麼星巴克又出全新系列的隨行卡了哦那我先前那張隨行卡裡面的點數還能用嗎裡面還有一些點數咦有折扣嗎朵拉你看星巴克新推出的隨行卡溜（開始討論新舊隨行卡哪張比較美老天饒了我吧）要不要買張新的你覺得咧你覺得這張顏色好看嗎小姐你們有別的顏色可以挑嗎好了朵

拉你要喝拿鐵還是卡布奇諾哎喲他們有聖誕節限定的噁心巴拉摩卡溜這下好了已經有七個人被她們堵在後面了既然肢體暴力在這個城市屬於犯法行為我就撤了我就兩步做一步直奔 Cama Café 去了我去你們的奧巴桑

三、

　　我要買體香劑就我太太只喜歡的那一款可現在是我的午休時間還有位要買兩小罐護膚乳液的奧巴桑就站在結帳櫃檯前然後櫃檯小姐說小姐（！）現在只要多花八百塊就能獲得這張價值五百元的折扣禮券明年就可以用啦奧巴桑在考慮了我還不清楚接下來會怎樣嗎老子二話不說揚長而去

四、

　　我在 7-11 正打算買點薄荷糖就發現結帳隊伍裡連續排了三個奧巴桑而且最前面的奧巴桑已經跟櫃檯小姐吵了起來說便當不是要比結帳金額便宜個三塊錢嗎那奧巴桑邊指著發票邊說啊櫥窗上的海報不是寫便當只要多少錢喂喂我難道得在這邊聽她高談闊論不成何況她後面還有兩個奧巴桑在等我沒吃薄荷糖又不會少塊肉閃人了閃人了

五、

　　我有件包裹要寄去紐約結果人一進郵局就看見現場排了兩組人馬其中一排有五個人不過都是男性和女職員另一排則是兩個分別抱著一小件包裹的奧巴桑我可沒那麼傻我走向那支排了五個人的隊伍然後哈沒想到吧我寄了包裹錢也找好了隔壁排的第二位奧巴桑還在那邊郵資哪個方案怎樣又怎樣問個沒完嗎呀！

六、

　　隔天，我們一行七人緊緊挨在擁擠的捷運車廂裡面對車門站著。我們這群人稍後就會一片黑壓壓地蜂湧而出，準備下車轉乘綠線。我身後有個奧巴桑，穿著花俏橘襯衫。奧巴桑這邊推那邊擠，試圖從我們之中開出一條路——就因為她已經，呃，五十七歲了？她好像迫不及待要下車，好像等不及要奔向某個地方的收銀機，隨便什麼地方的收銀機。她拚了命想擠過去，那可惡至極的超大 LV 包的金色搭扣也開始勾住我樸素包包上的黑色帶子。我也下車——我嘟噥著中文。她沒抬頭看，也沒搭腔，倒是露出若有似無的淺笑。她

瞇起了眼在計算，過分嫣紅的嘴角嵌著一小滴晶瑩剔透的口水。我知道她腦子裡正轉著會員卡、折價券、禮券、贈品的畫面。八秒之後，她又試圖從我們之中穿過去，即使用膝蓋想也知道我們會在這站下車。我也下車！我又說了一遍。我也下車，奧巴桑！

寫於二〇一四年

新婚夫婦

有個年輕的台北男子決定娶一隻雞腿。

男人於是帶他的新娘回家見公婆，不過公婆見了並不滿意。

「怎麼還是生的！」男人的母親說。「來來，我去熱點油把她給炸了。」

「不用啦。」做兒子的答道。「我們現在還是蜜月期，要炸之後再炸也不遲。」

「我說真的，兒子……」男人的父親說。「我們本以為你會討個更好的媳婦兒。」

「爸！她人就坐在這裡，你怎麼能當著她說出那種話！你害她難過了。」語畢，男人轉向自己的新娘，說道：「沒事沒事，親愛的。我爸媽有時候就是嘴壞了點，但等到他們漸漸瞭解你了，就會好好疼惜你啦。」

男人開始輕撫她鬆弛而微黃的雞皮。

「兒子……」男人的父親說。「你起碼弄隻全雞回來，不覺得嗎？」

「我只喜歡腿部的肉。」做兒子的說。「那邊比較嫩。」

「要是沒炸好，她肉很快就柴了。」做母親的說。「而且你甚至沒邀請我們參加你的婚禮！你怎麼可以這樣對我們？你事先告訴我們的話，我會很樂意幫她做件漂漂亮亮的婚紗。」

「我們決定簡單辦一辦就好。」做兒子的說。「畢竟……這麼說吧：她的雙親不克前來。但我們有拍照。」

「哦，快讓我們瞧瞧！」做母親的說。

「我去拿。」

新郎把新娘留在沙發上，一個人回車上拿相簿。

「我說，你們倆是在哪兒認識的？」做母親的開口問這位新婚不久的新娘。

「老伴！」她的丈夫即時厲聲一喝：「那是隻雞腿好嗎！你在說什麼五四三！」

「我只是想表現得客氣一點嘛！」

「天啊！有時我真覺得兒子的腦袋就是從你那兒遺傳來的。」

做兒子的回來了；他將相簿放在矮咖啡桌上，然後翻開來。

「看──這張是我們穿著傳統中式禮服拍的……還有這幾張，我們在沙灘上拍的。」他哈哈大笑，還轉頭對自己的新娘說：「還記得我們清了多久，才把黏在你身上的沙子清得一乾二淨，親愛的？」

「我喜歡這張。」做母親的說。「你這張看起來真有演員的架勢。而且她看起來很新鮮。」

「我究竟是造了什麼孽啦我？」做父親的低聲自嘆，接著便悶悶不樂地進了書房。

做母親的與做兒子的和做媳婦的則眼巴巴地望著他離席。

「別因為你爸的反應傷腦筋。」做母親的說。「我知道他就跟我一樣，很替你們這對鴛鴦高興呢。」

「聽到了嗎，親愛的？」做兒子的說。「爸只是因為婚禮的事在鬧彆扭。過些時候就好了。」

曹先生和他的頭骨

　　人們有時會談論曹先生和他的頭骨。他們時而看見曹先生頭頂隆起的弧線（從頭髮就能看得一清二楚），時而聽聞曹先生小時候發生過的故事。很多人都想知道這些故事到底是真是假。老實說，有些是確有其事，有些則是子虛烏有。

　　為了解開人們對曹先生和他頭骨的疑惑，我終於決定寫下這篇文章。我想我個人的說法是足以採信的，因為我見證了曹先生那段歷史中絕大部分的事蹟。我當時就在現場，許多往事至今也仍鮮明如昔。畢竟我是曹先生的鄰居，跟他們家也是老交情了。

一、

　　曹先生在七歲那年第一次學會取出頭骨的技術。就在他舅舅的指導之下。

　　「想要成為人中龍虎──」舅舅有天這麼對他講。「就要保持一副乾乾淨淨的頭骨。」

　　舅舅取出自己的頭骨，並為曹先生示範擦洗和清理頭骨的正確方式。講解完之後，舅舅便把頭骨放回頭裡。

「瞧，很簡單吧。」舅舅說。「你來試試。」

曹先生一開始碰了點釘子，不過很快就抓到了訣竅。

「頭骨要常保乾淨，包你日後出人頭地。」舅舅告訴他。

曹先生每晚上床之前都會取出頭骨，仔仔細細擦洗乾淨後再放回自己的頭裡。過沒多久，他發現少了頭骨的頭枕著枕頭睡覺比較舒服，於是開始把頭骨擱在床頭櫃上，久而久之也就養成了這種睡覺習慣。這種習慣有時會惹惱他媽媽。

「吃早飯囉。」媽媽會進他房間叫他。

「好，媽。」

接著便是：「我跟你說過多少次了──不准你這麼睡覺！」

「什麼啊？」

「給我馬上塞好你的頭骨！這樣有害健康！」

「可這樣很舒服欸。」曹先生會這麼回答。「我這樣睡得比較好。」

關於睡覺時頭骨不在頭裡，而在床頭櫃上這點究竟有害或有益健康，曹先生的爸爸沒有任何意見。

二、

　　曹先生很快就在學校裡展現自取頭骨的技能。一切都是他看到一個同學翻折自己的眼皮，再接著做出鬼臉之後開始的。有些男同學也能成功翻折眼皮，有些卻不行。

　　「看我這招。」曹先生說。

　　「哇，酷！」他那些男同學說。

　　一些男生努力要取出自己的頭骨，不過絕大多數都只能望洋興嘆。唯獨一個男生差點就取出頭骨了，但也因此受了不小的傷。老師得陪該名學生搭計程車去醫院，後者還打了三針，頭部左側的腫脹才消下去。

　　校長致電給曹先生的父母，曹先生的媽媽當晚就訓了兒子一頓。

　　「你好好想想，在學校當著別人取出自己的頭骨──」她說。「很噁心好嗎！虧你想得出這種事！」

　　「又沒什麼大不了的。」曹先生說。

　　「不許跟你媽頂嘴。」曹先生的爸爸說。「你媽為了你，連命都可以不要。你對她尊重些。」

三、

　　但曹先生仍會在學校取出自己的頭骨。他這麼做有時是出於無聊，有時是為了跟同學交換一點午餐來吃。

　　「我可以跟你交換那條糖果。」曹先生說。「但我不會為了洋芋片而取出頭骨。」

　　某回他受人一激，便在坐校車回家的整條路上抱著自己放在大腿上的頭骨。他那些朋友叫同車的女生瞧瞧曹先生和他的頭骨，可她們全都遮住眼睛，還刻意坐得遠遠的。

　　「你們都有病！」崔西說。「我恨你們。」

　　「你們這群噁爛鬼！」蜜雪兒說，並在崔西的身旁坐下。

四、

　　那是透著涼意的十一月天。曹先生跟朋友們在學校的操場上玩，附近還有幾個年紀較大的男孩。其中一個大男孩在抽菸，不過沒抽幾口就把菸藏進了頭上的棒球帽。曹先生決定來場自取頭骨的秀。他假裝沒在怕那些大男孩，放聲告訴朋友們：「我今天就免費表演給你們看。純粹是因為本大爺

高興。你們不必拿東西來換。」

他這就取出頭骨，還把頭骨放在自己的肩膀上，開始學虎克船長瘸著腿走來走去，嘴巴也嘟噥起威嚇之詞。

「看老子罰你們一個個去走探出船緣的木板，這群臭娘兒們！」

有個大男孩站起身，徑直走向曹先生。

「拿來。」他說。

他一把抓走曹先生的頭骨，再走回其他大男孩們坐著的地方。曹先生跟在他後頭。

「喂，那個你不能拿！」曹先生說道，還拉拉這個大男孩的袖子。「喂！那不是你的東西！」

「看我發現了這個。」大男孩對其他大男孩說。

另一名大男孩站了起來。

「丟過來。」他大喊一聲。

拿走曹先生頭骨的大男孩便把東西丟向自己的朋友。對方伸手一接，啪地一聲又響又亮。

「我們去投投籃吧。」其中一個仍坐著的大男孩提議。

曹先生吼出：「不──！你們不可以這樣！」他的眼裡

漸漸盈滿淚水。但已經有四個大男孩邊奔向操場另一頭的籃球架，邊玩著傳接頭骨的遊戲。只有那位帶菸大男孩仍舊坐在原地；他看著自己的同儕，嘴角牽著冷笑。

這四人一路將曹先生的頭骨拋來拋去，藉此消遣他一番，曹先生也一路追到了籃球場。一個大男孩舉起頭骨射籃沒進，另一個大男孩便隨即上前搶籃板。矮小的曹先生根本沒辦法從他們手裡奪回自己的頭骨。後來有個大男孩總算投進了。

「俠客歐尼爾！」他說。

「你們會弄壞的！」曹先生哭喊。「還給我啦！」

說時遲那時快，接著頭骨就在他們其中一人出手後砸到了籃板，裂開一條縫。

「唔。」一個大男孩開口，並把裂開的頭骨還給曹先生。「別再把這玩意兒拿出來現了。」

場上的四名球員跑回去找他們那位會抽菸的朋友，這一行五人過沒多久便離開了操場。

五、

「怎麼辦？」曹先生對朋友泣訴。「我媽絕對會宰了我！」

「我們去告老師。」其中一個朋友說。

「不行啦！」曹先生說。「那我媽就會知道了。我得想辦法修好它。」

「可是只有醫生才修得好頭骨啊！」他的同學說。「你怎麼可能修得好它？」

「我必須修好它！」曹先生說。「我不能讓我媽發現這件事。她會宰了我！」

最後，曹先生判定某種瘋狂瞬間膠或許能解決頭骨破裂的問題。他先小心翼翼地把頭骨放進書包，然後偷偷溜出學校的後門，接著馬上往 7-11 走。怎料他帶在身上的錢還不夠他買一條瘋狂三秒膠。他哭了起來，並跟結帳店員解釋自己急需瘋狂瞬間膠的原因。店員就建議曹先生用偷的；他說他可以睜一隻眼閉一隻眼。

「事態緊急嘛。」結帳店員說。「我瞭的。你不要告訴別人是我讓你偷的就好。」

曹先生回到學校的操場，選了一塊角落坐下。他用瞬間膠謹慎補好頭骨兩處破裂的凸緣，再緊緊箍住頭骨，直到膠乾了為止。過了約莫十分鐘，他測試頭骨黏合的程度，似乎是固定住了。他將頭骨塞回自己的頭裡。

　　當曹先生總算進了教室，他那些朋友就壓低聲音問他：「怎麼樣？成功了嗎？」

　　「搞定了。」曹先生說。

六、

　　曹先生放學回家之後，覺得一切就跟平常一樣，沒出現什麼異狀。但他當晚就寢前，決定把頭骨留在頭裡睡覺。他還是第一次這麼害怕取出自己的頭骨。

七、

　　時間是凌晨四點左右吧。曹先生被痛醒了；他肚子痛得不得了。他覺得自己在發高燒。他衝進廁所，開始抱著馬桶吐。不一會兒，他媽媽走進廁所關心關心。她發現他在發燒，也注意到他頭頂腫了一大包。他的皮膚還浮出一條條的紅痕。

「你頭怎麼了？」她問。「你昨天撞到頭啦？」

曹先生哭了起來，開始跟媽媽說那幾個大男孩是怎麼把他的頭骨當籃球玩。但他不敢告訴她頭骨已經破了，更無法坦承瘋狂瞬間膠的事。

「我們得帶你去醫院。」媽媽說完便跑出廁所去叫醒自己的丈夫。

八、

到了醫院後，曹先生向醫生說明事情的始末，一切才真相大白。醫生說他傷口本身已經受到感染，後來又因為對瞬間膠產生過敏反應而急劇惡化。

醫生為他施打抗生素，也取出了他的頭骨。頭骨上的瘋狂瞬間膠被磨砂機磨除了，裂開的地方則靠特殊鋼釘修補好。曹先生在醫院休養了兩三天就出院。倒是回到家後，他被媽媽禁足了兩個禮拜——「不准看電視不准打電動！」至於那些把曹先生的頭骨當籃球打的大男孩，則被校方懲以停學兩天的處分。TVBS 新聞台甚至報導了這整件事，有兩名醫生受訪。

九、

　　曹先生不再取出自己的頭骨，更別說是拿出來清洗了。醫生鄭重警告他這麼做可能會讓頭骨受到感染，何況如今裡頭又多了幾根鋼釘。

　　曹先生的媽媽責怪當初教兒子取出頭骨的舅舅，但舅舅拒絕為此擔責，並堅稱保持頭骨的乾淨跟打頭骨籃球根本是兩碼事。

　　「想我擦洗頭骨已近三十載，也沒見它受過什麼感染。」舅舅說。

　　　　　　　　　　　　　　　　　寫於二〇〇五年

記憶的重擔 [37]

亞當和夏娃是我週四晚上文法班裡的兩個小孩。在我這共計十位台灣學生的課堂上，沒有一個孩子──包括亞當和夏娃本人──知道這兩個名字有何意義。

不過最近我看出亞當和夏娃只是裝作不知情。他們其實都試圖遺忘那兩個名字所代表的意義。

我從他們身上學到不少東西。舉個例子：夏娃大亞當一歲，這證明主日學校都在跟我們講假的。

夏娃的確是魅力不小。她有濃密的黑髮、飄忽的目光，只能說她是串十二歲的鞭炮。記得有回──這在全是台灣學生的班裡可是前所未聞──她因為不喜歡我開的某個玩笑，就走到教室前面踹我一腳。

當其他學生紛紛進入半夢半醒的狀態（請記住：這是一堂週四晚上的英文文法課），夏娃就會在椅子上扭來扭去，或開始碎念她不可能用英文敘述出來的事，或沒來由地放聲大哭。

夏娃心中有陰影，是的，但伊甸園那段過去顯然沒有動搖她的意志。或許這就是她會講述的事情之一？

至於亞當嘛，與其說他在講英文，不如說他都用動作比出自己的答案。當他沒緊張到全身僵直，就會這麼搞。

　　「地必給你長出荊棘和蒺藜來。」聖經有言。「你必汗流滿面才得糊口。」

　　事實上，亞當就會汗流滿面。他弓著背伏在課桌上，在教科書頁緣的空白處畫下一隻又一隻的甲蟲。他交來的考卷上，答案欄裡淨是他費心描繪的甲蟲，而不是該填的過去式動詞。

　　有沒有可能亞當被逐出伊甸園之後，種出來的第一批作物就是被甲蟲吃光的？

　　他們兩個都試圖遺忘，卻誰也無法順利遺忘。

　　夏娃幻想能住在海底，有柔軟的海葵輕撫著她的身體，有鯊魚捎來英俊水手寫給她的情書。

　　他們失常的症狀還算輕微，但別具意義。仔細想想，亞當就老在數字上出差錯，也一再拖累了整個班級。

　　我們在課堂上對答案的時候，學生勢必會注意現在討論到第幾題。老師其實不太會唸出該題的題號：學生必須自己跟上。老師從不會說：「亞當，問傑森第三題。」老師只會簡單說一句：「亞當，問傑森。」既然老師才帶全班對完第

二題，亞當理應知道現在進行到第三題才對。

問題就出在他大多時候都不知道。我會乾瞪著他瞧，接著班上的學生也會乾瞪著他瞧，最後我只好告訴他：「第三題。」

然而，不可思議的是：就算我告訴亞當了，他還是會搞錯題號。他會開始唸第五或第七或第二題的題目。

我說這不可思議是因為亞當是聽得懂數字的。他英文都學好幾年了。即便如此，這狀況還是隨堂發生──對此夏娃甚感愉快，傑森則惱怒非常。後來傑森終於發飆：「你這白痴！你到底有什麼毛病！」

於是我開始換用另一種方法。我發現一招。在亞當茫茫然不知所措，不曉得正確題號的時候，我不會道出該題的數目，而是用這類說明引導他：「那看起來就像 3 從很高的窗台跳下來。」然後亞當就會曉得我指的是第二題。

「那看起來就像 8 站在深及腰部的水中。」亞當在看第九題了。

「那看起來就像 2 跪在草地上。」

亞當一下就解出這些謎語。有趣的是，其他學生通常都聽得一頭霧水。這下反而換傑森成了白痴。

重點在於亞當為什麼聽得懂這些謎語。

我最近越來越常加入富含典故的暗語。我正一步步戳向問題的痛處。

「那看起來就像一條被人用腳跟踩爛的蛇。」

亞當知道答案。

「那看起來就像聽到雅威（耶和華）在伊甸園中行走的7。」

亞當一聽，當場汗流滿面，然後不知所措地看著我。他挺直了背坐好。他拒絕辨識出我指的第一題，一開始的那一題。頃刻間，整間教室安靜了下來。我看向教室的另一頭。傑森在轉鉛筆。夏娃又開始哭了。

寫於二〇〇九年

---

37 本篇有多處涉及創世紀第一章，關於亞當與夏娃兩位最初的有靈活人之描寫。

塞特的子孫 [38]

一、

塞特的子孫散布於示拿之東，他們往南而行，渡了海，走到一個叫做福爾摩沙的地方。他們在這個地方建造城市，並如是告訴彼此：讓我們稱這片地土台北。

二、

於是台北日漸發展為城，意即由人肉身的勞碌與習慣、人類的秩序與混亂構成的龐大集結體。

三、

在台北，日升於東而薄於西。雲會飄過天空，還會降下雨來。這城市中的空氣充滿了諸多物質，諸多對人對獸皆有害的物質。

四、

這座名為台北的城市有綿長而平順的表面在地上縱橫交

錯，是為道路。道路穿行於城市之中，人們就在道路上或往
或返，在城市裡來來去去。

　　台北的道路能讓車輛通行；汽機車和計程車、公車、腳
踏車會在道路上跑來跑去。

　　道路的路緣傍著人行道。人行道能供人獸走動使用。

五、

　　台北人循著道路和人行道移動，大多從東、西、南、北
四方而行。不過也有上下移動的方式──就在建築物裡。

六、

　　城市中的建築物大多是高樓層的大廈。人們若非搭乘電
梯，以直線而安靜的方式笨重地在這些高樓大廈裡上下移
動，就是靠自己利用樓梯做盤旋曲折的 Z 字形移動。

七、

　　大廈內一景：腰臀腳架機，雙背獸。

八、

　　在台北，一年被拆成十二個月，這十二個月各有其名。一個月又大致分為四個禮拜，各個禮拜無名別之。一個禮拜有七天，七天各有專稱。每一天都有二十四小時，計有兩組輪替的一至十二點。每天每個小時都有六十分鐘，一分鐘有六十秒，這些分秒與小時都沒有特定的名字。

　　在這些時間的單位裡，天、小時、分鐘都一樣有用。月主要用於判斷對應的天氣，相較之下用處不大。要說年的話，那幾乎純粹是懷戀往昔的問題了。至於秒，這個單位太過細碎，很難為人所用。

　　若將台北現存的時間單位按相對有用的程度條列出來，或可列成（有用程度逐次遞減）：

　　小時；

　　日（又名平日）；

　　分鐘；

　　月；

　　年；

　　秒。

　　欲檢驗上列順序的有心人士，可試以類似說法衡量各句

意義孰輕孰重：

「我們一個小時後在這邊集合。」

「距離爆炸還有十一秒。」

「我在這個地方住了三年了。」

「我禮拜三比禮拜四方便。約禮拜三的十一點如何？」

「我五分鐘後回電給你，好嗎？」

諸如此類。

在台北，日復一日的日子都按年月日的日期系統計算。舉例來說，本頁內容乃寫於台北記為一九九九年十二月二十六日的日子。

這種日期系統旨在將事件標誌於線性的歷史進程上。在此系統裡，記作一九九九年十二月二十六日的這天以前沒出現過，以後也不會再出現。

由此可見，台北的日期系統與其日常的時間單位大不相同。儘管週週都有禮拜四，天天都會出現下午一點三十分，像一九九九年十二月二十六日這種特定日期卻是獨一無二，過而不再的。

九、

日期的問題，換句話說，歷史進程的問題，或許可被歸結成懷戀往昔的問題，就像年的問題。

十、

不同的人對這些不同的時間單位自有不同的評價，不過對於時間單位本身，幾乎人人都無異議別論。

十一、

然而，贊成把現實分做三界的台北人就少之又少了。此三界分別為：物質界、精神界或天界，以及學界。

物質界主要呈現出固體、液體和氣體等三態。學界乃立基於神的旨意。精神界或天界則在物質界與學界之間深思冥想。

這三界各據一「位」的說法或許正確，也或許是錯的。

十二、

錢是推動台北日常運作的一大要素。台北人只要離開了

住所，在外活動時十之八九都帶著錢。他們或將錢放在自己的衣服裡，或收在某種特製的皮革容器中。他們攜帶的錢通常不外乎兩種形態：若非硬幣，就是鈔票了。

硬幣是壓了印的金屬小圓盤；鈔票是壓了印的小紙片。

台北人以錢易物。他們最常用錢交換有形有體的東西，諸如食物、衣服、工具、化妝品、書籍。

十三、

人們拿錢換取的物品本身就有價值，這點不在話下，但重要的是，錢本身並不具任何價值。更確切地說，在台北，錢的價值都是約定俗成。意思是：在台北，唯有當兩個以上的人皆認可錢的價值，錢始具有價值。或是：一個打算隱遁深山十天的台北人，不帶錢出門的可能性非常之高。因為那深山之中不會有其他人，錢自然沒有任何價值。因為，重要的是，錢本身是不具任何價值的。

十四、

長久以來，台北人一直很難相信錢本身真的有其價值。

這從鈔票和硬幣上那依然精緻講究的裝飾便可看出──錢都印著複雜的圖案。人們可能會猜想那些複雜的圖案（特別是印在鈔票上的）見證了一度活躍於人心的臆測，即鈔票其實不過是一張張紙片，用處也如同其他類似的紙張。不過時至今日，這種臆測在台北已然平息得差不多了，而誠如台北人在時間單位上幾乎毫無異議別論，大概所有人都同意錢本身是具有價值的。

十五、

儘管硬幣本身具有較高的價值、較迷人的外觀，普遍仍認為鈔票比硬幣更加值錢。年幼的孩童不會沒注意到這種似是而非的謬論，雖說他們很快就會克服這種似是而非的矛盾感。

況且：除了圖案，每一枚硬幣或每一張鈔票上還印有所值的金額。

十六、

台北人可在台北的館子購買已經料理好的熟食。在這座城市裡，餐館比比皆是。

一個台北人在一年之中常會三番兩次上同一家餐館，但這城市裡的其他家館子，卻始終不得此人光顧。

十七、

人們會在台北的館子吃的餐點包括：（……）

十八、

台北人使用的語言主要為中文。該文字乃用非常大量的符號寫成。

另一常見的語言則是台語，其文字構成同中文使用的符號系統。

十九、

把這些句子抄起來。下禮拜背給我聽。

二十、

文生，你想整整兩個小時都在罰站嗎？

二一、

　　列車行進間請勿倚靠車門。

二二、

　　別把小考答案寫在作業簿裡。

二三、

　　那位導演就住在我家樓上的公寓。他從來不燙襯衫。他襯衫的領子就跟蘭花花瓣一樣彎彎捲捲。

二四、

　　我認為在餐廳進食期間講手機是不雅的行為。

二五、

　　蝴蝶在白天活動，蛾在夜間活動。

二六、

　　她生氣的時候會怎樣？她生氣的時候會拔別人的頭髮。

二七、

　　她全家人都快禿頭了。她自己倒有一頭濃密的長捲髮。

二八、

　　超人生氣的時候會怎樣？他生氣的時候會撕破自己的襯衫。

二九、

　　當超人撕破自己的襯衫，你會看到什麼？當超人撕破自己的襯衫，我會看到那個紅色的 S。

三十、

　　當你看到那個紅色的 S，你會怎麼做？當我看到那個紅色的 S，我會跑去躲起來。

三一、

　　台北的計程車司機有時挺講禮貌的。但台北的公車司機一向很不客氣。

三二、

　　他們彷彿是帝王之尊，把整輛公車擁為自己小小的天下。

三三、

　　他們不滿於自己得開公車的命運，於是將心中的不快報復在乘客身上。

三四、

　　不過塞車時，只要有兩輛公車被堵在相鄰的位置，左邊那輛公車的司機就會打開車門，右邊那輛公車的司機則會打開駕駛座旁的窗戶，接著就和顏悅色、笑容可掬地聊起天來。

三五、

　　他們會和顏悅色地聊上幾句，來場帝王間的對話。

三六、

　　路克會一邊等公車，一邊怎麼樣？他會一邊等公車，一邊跟野狗玩。

三七、

　　「我是在說反話。」

　　「喔。」

三八、

　　對西方人來說，走路是從甲地移動到乙地的手段。對台灣人來說，走路是處於兩地之間時才做的事。

三九、

　　「所以你們為什麼不生小孩？」

四十、

　　十二個身體部位和其功能。十二張地圖。十二支圖示的歷史淵源。十二首詩。十二張草稿或廢紙。十二個形容詞及其反義詞。十二種水果與其顏色。十二篇故事。

四一、

　　派蒂會一邊等公車，一邊怎麼樣？派蒂會一邊等公車，一邊看帥哥。沒錯。這就是 509 班的派蒂。

四二、

　　「有條新規定。課堂間不可以說中文。」「老師老師！」「是的，理查？」「那我們可不可說台語？」「不可以，規則就是：**課堂間不可以說中文或台語。**」「那可不可以說客家話？」「不行，客家話也不行。規則就是：**課堂間不可以說中文、台語，或是任何一種台灣的方言。**」有個學生接著用中文說：「聽不懂。」於是我也開始用中文說：「沒關係。你們就不要說中文，好不好？」然後，有個學生依舊用中文喊道：「老師老師！」「是的，韋德？」我用英文回答他。

他則用中文告訴我：「我要上廁所。」

四三、

　　星期一晚上的家教課。我坐在三個十一歲大的學生面前和她們用英文交談。

　　「好啦，佩姬──」我說。「你媽會讓你做什麼？」

　　「她讓我讀小說。」

　　「很好。她還會讓你做什麼？」

　　「她讓我吃很多東西。她還會讓我很晚睡覺。」

　　「非常好。艾芮兒？」

　　「怎樣？」

　　「你媽會讓你做什麼？」

　　「她讓我出去外面玩。」

　　「真的嗎？那她會不會讓你在晚上出去外面玩？」

　　「不會。她不會讓我在晚上出去外面玩。」

　　「莉莉安，你媽呢？你媽會讓你在晚上出去外面玩嗎？」

「不會。她不會讓我在晚上出去外面玩。」

「為什麼？」

沒人回答我。

「晚上出去外面玩有什麼不好？為什麼這樣會有危險？佩姬？」

「呃……」佩姬繼續用英文說。「或許外面 have a color wolf。」

四四、

　　某家大電視台的眾行政首長於今日會面研討明年的預算案。願他們的寶貝計劃全都化為泡影。畢竟那些計劃全數化為泡影，還會比計劃可能帶來的任一正面影響為我們開啟更多的存有。這是眾所周知的。你難道沒聽說？

四五、

　　願我所言此時此刻便能靈驗；願我所言報應在全球電視台決策之人的頭上 [39]：

願你們的走狗於一陣癲狂之中逃離你們的魔爪，離開時還在走廊點燃了火。

願劫匪攻擊你們的賓士。願你們一出電梯就中箭了。

願你們棲於即將歸於塵土的荒城廢所。願黑色的橢圓形昆蟲趁你們入眠時爬進你們的鼻孔。

願火舌枯黃你們的嫩苗；願你們的枝條永不繁茂。

願你們宛如葡萄藤，只是藤上顆顆待熟的葡萄悉被剝除。願你們宛如無法結果的無花果樹，於是被扔入了坑，一把火燒掉。

願你們的雙腳被扣上鐵鐐，願你們的頭髮被剃掉半邊。

願你們的仇敵牢牢緊盯你們的動向，時時用他們的腳掌留下印記。

願你們生兒子沒屁眼。願你們女兒的櫻桃被鄰人的山羊給奪走。

願你們在光天化日之下彷彿黯夜中的醉漢大呼小叫。

願你們淪為吊著橘色囊袋的禿鷹的餐食。願你們摔入深深礦井。

願飛蛾蛀蝕你們的衣裳。願你們裸露的軀體被人看光光。

四六、

　　這種場面經常讓我感到哭笑不得。坐在咖啡店內的我，正為了背下由中文交織而成的句子絞盡腦汁，隔壁三個台灣女孩也在設法背完一列列英文單字。要是我正讀著那本剛收到的《浪人雜繪》[40]，或個人藏書中值得一讀的英文佳作，而這三人也在看中文書，不就皆大歡喜？但，不：我們偏要悶頭朝著其他的語言苦苦跋涉，我們偏要荒廢自己的母語。

　　Saiz 說過：「就連白痴也能學會一種語言。傻子則要學會兩種。」

四七、

　　「是或不是？看在上帝的分上，就給我一個簡單的是或不是行不行！」

四八、

　　某些地方素有吹奏長笛或彈奏吉他的文化，台北這裡則是演奏手提鑽。每個台北人的叔叔都有一把手提鑽，每把

手提鑽的主人每週也都會設法練上六或八小時。對台北人來說，混凝土或石磚就是為了成就手提鑽協奏曲而存在的素材。那混凝土變乾僅僅一個月，這群音樂家就已經上路了。

我想做點音樂學方面的研究，最後再將蒐集到的音檔集結成一張《台北民謠》。我打算把這張 CD 寄給生活在海外，可能日夜思念著鄉音的台灣朋友。

喇、噠、噠、噠啊、噠噠啊啊啊──喇、噠、噠、噠啊、噠噠啊啊啊──

噗嗚嗚喇喇喇啊啊啊啊──　　噗嗚嗚喇喇喇啊啊啊啊──

以及其他令人難以忘懷的旋律。

四九、

「凡於六個月內訂定三次商務艙機票，即可自動升等為尊榮 VIP 會員。」這種 VIP，意思可見一斑：

虛榮的文盲（vain illiterate person）

喋喋不休的不耐煩蠢貨（voluble impatient prick）

機伶創成的鄉巴佬（very ingenious peasant）

患有靜脈曲張的清教徒（varicose-infested puritan）

占上風的私生子們（victorious illegitimate progeny）

投資先鋒理財專員（vanguard investment pup）

重度饑渴的無能權勢者（voracious inept potentate）

唯利是圖的陰戶（venally inclined pudendum）

錢包裡的聲音（vox in purse）

分秒戒備的鼓吹悖德者（vigilant immoral propagandist）

漫天辱罵的爛醉家長們（vituperative inebriated paterfamilias）

形形色色不斷壓境的皮條客（various incoming pimps）

……等等族繁不及備載。

五十、

一九九九年十月八日。夢到教宗來家裡吃晚飯。我們圍

坐在矮咖啡桌邊，然後教宗提到他對尼斯湖水怪頗感興趣。現場還有位教士，或許是梵蒂岡的要員，也或許是本地的神父。這位神父用一種招供的口吻向我表示，目前教會已經有兩名「見習修士」在蘇格蘭就地調查尼斯湖水怪的事了。我遂建議他們臨時拼湊一艘可持續在尼斯湖裡巡航，並能拍照記錄的小型潛艇，直到發現任何蛛絲馬跡為止。教宗對此提議未置可否。不過，看得出來，他並不贊成。神父明顯因為我一時口快而面露窘色，不知如何是好。教宗則只是皺眉，緩緩地搖著頭。

五一、

　　請不要打斷我。這邊不注意聽的話會搞不懂哦。

五二、

　　別花那麼多時間回答我的問題。你也拖太久了。

五三、

　　把這些句子抄起來。下禮拜背給我聽。

五四、

　　文生，你想整整兩個小時都在罰站嗎？

五五、

　　台北是座城市，意即由人肉身的勞碌與習慣、人類的秩序與混亂構成的龐大集結體。

　　在台北，太陽打東邊升起，於西邊落下。雲在天空隨處飄，常會降下雨水。這城市中的空氣充滿了諸多物質，而這些物質對人對獸都是有害的。

　　　　　　　　　　　　　寫於一九九九年十二月二十六日

[38] 塞特即創世紀第四章所述，亞當與夏娃所生的第三個兒子。本篇有多處（特別是開頭幾節）仿效創世紀的敘事筆法，呼應聖經在城市創建方面的描摹。

[39] 以下詛咒或與直接摘自舊約聖經中先知的咒詛，或從聖經式的咒詛口吻。

[40] 《浪人雜燴》（*Mulligan Stew*）為美國小說家吉爾伯特‧索倫提諾（Gilbert Sorrentino，1929–2006）所著的實驗小說。

公車站招親

我沒料到會在這個地方碰上這種事。有個矮胖矮胖的婦女在公車站向我走來；她穿著破舊的 T 恤衫和運動褲，問我想不想要她的女兒。她說起中文時有很強烈的抑揚頓挫，我一開始還懷疑自己是不是聽錯了。婦女放下裝滿家庭清潔用品的塑膠袋，伸出手要跟我握手。

「交個朋友好嗎？」她坦率地問，然後再度提出要不要帶走她女兒的問題。

我沒向她伸出手。

「至少瞧個一眼嘛。」女人說，並示意我看看約莫五步之外的女孩。

女孩看上去大概二十歲，顯然有智能方面的障礙。她靦腆地對我微微笑。她的身形比母親臃腫，模樣就如顆過大的肉包被強行灌進毫不搭調的家居服。

女孩的母親硬是跟我握了手，接著便解釋自己已經不曉得該怎麼辦了，說女兒都不聽她的話，老愛嫌她太嘮叨。

「你想把她帶走就帶走，想讓她幹嘛就幹嘛，我要的不多。」她邊說邊露出口中僅剩的四顆牙。

她也發現我邊聽邊注意她牙齒間的空隙，於是指著女兒告訴我：「哦，她牙齒沒我這麼爛啦，你放心。」

女孩一聽到這話就皺皺眉頭，還對我們吐了吐舌頭，不過沒一會兒就笑開了，好讓我們能順利看到她的牙齒。

而她的牙齒確實沒那麼糟：她還有牙齒。

「我上個月滿五十歲。我這輩子生了七個孩子，死了兩個兒子、一個女兒，現在只剩這孩子跟其他兩個了。」

由於她敘述的是件叫人悲傷的憾事，我就不便提出她數學方面的小小錯誤了。畢竟長期的心理創傷可能導致計算上的差錯。但滿不在乎也會造成同樣的結果。

我見公車即將進站，便說：「不好意思，我趕著去上班。」

「拜託，你不能考慮一下嗎？」這位母親說道。「我只求你把她帶走就好。我要的不多。」

她伸手撫過我拎在手上的 Subway 潛艇堡牛皮紙袋，彷彿在說：「把裡頭的火雞肉潛艇堡交出來，這女孩就歸你。」

公車車門打開之際，這母親便攬住她弱智女兒的肩膀，打算奮力把她推上公車跟我一起走。無奈女孩比她強壯得

多，所以這招並未奏效。

公車漸漸開走，我看著窗外的她們離我越來越遠，看著那母親咒罵那女兒，看著那女兒向我擺手揮別，看著那張弱智的臉上咧開了嘴，對我露出告捷的微笑。

寫於二○○九年五月十五日

最珍貴的

　　而若你問我最珍貴的事是什麼，我就真的能想到或許可以告訴你的答案？還是那些最珍貴的事都沉積在很深很深的地方，讓我無法名之，更無從捕捉？

　　但你已經會問我覺得什麼是珍貴的了，這點就很珍貴，不是嗎？這種選擇發問然後等待答案的情況。而我能聽到你發問，並花時間思考該怎麼回答──這就已經是一份神祕而難以言說的禮物。

　　語言是禮物還是圈套？我們擁有這件工具是為了能理解世界理解自己，是為了能建構這個世界？還是這件「工具」早已建構了我，早在我開始使用之初，便已形塑了我？「艾瑞克」、「你」、「我」、「媽媽」、「不」。

　　語言，這份珍貴的禮物，這工具也是一種既可變通又充滿制約、開放且可經後天學習的系統，也是一個謎，一個圈套嗎？語言是否就如我所認定，是一個能拉近你我的工具，還是這工具其實會用名字將你我阻隔開來？「學生」、「老師」、「我的」、「兄弟」、「你」。

　　而若你問我關於上帝的種種，問起感知到上帝的存在算是件禮物還是種妄想，我會告訴你，那是禮物，對我而言珍

貴的禮物。上帝的存在可以被感知，以及上帝以聖經明志這兩件事同樣是靠語言傳達出來的，但能拉近人我的語言，亦是能分開人我的語言——如果使用者不小心。

但我們在這方面真能說小心就小心，以致察覺到自己與對方的距離是近了，還是遠了？

還有，我始終難解的聖經之謎：裡面有哪些說法真是出自聖靈之口，又有哪些用語是俗世間的作家試圖為聖靈發聲，卻曲解了原本的意義？但這個謎——這不也是件禮物嗎？藏在這些情事之中的謎——這不就是珍貴之物的一部分嗎？

還有，擁有一個我能去愛的人，而這份愛的禮物也經年持續：我的妻子。這對我來說，是很珍貴的事。

還有，人際上的謎：我們全部的人，全人類，家人和外人、同事和陌生人；我們可以透過語言和其他方式——縱然只是一瞥——相互溝通、彼此同理的謎。這是一件何其美妙的禮物，又是何其難解的謎。

以及我聽得見周遭之人說話的聲音：能感受、聽到他們的聲音因為使用不同的語言而產生不同的形狀。同樣的問題：這些不同的語言建構世界（或為世界設下圈套？）的方

式依舊成謎，從某些角度來看是同一個世界，從其他角度來看，世界卻因語言而異，因人而異。

以及文字的禮物：能聽見那個世界的聲音，感覺那個世界的形狀；那個世界是早已死去之人的世界，有長眠數百年的朋友，有留下著作，贈我以文的朋友，而我，亦是他們的朋友，我回贈他們吟詠這些文字的聲音。

以及朋友們──多半是我的學生──的禮物：能看著他們一天天成長，一步步理解這個世界。能看著他們笑，看著他們鬧。這是一件多棒的禮物：這很珍貴。

當然還有健康的賜予、食物的賜予。我絕不該因為自己擁有不當受的福分，繼而擁有這兩件禮物，就遺漏了這兩件事。有許多人蒙受冤厄，無法擁有這些東西。願我多有長進，好能扶持他們。

俊在台北

　　故事發生在土爾薩。你真該在場的。這種事絕對不會發生第二次。有個個頭小小的韓國學生，他叫俊，在這鎮上為數不多的韓國人裡可是一等一的奇葩。時間大約是一九九五年。

　　有個美國人，不折不扣的白人，但是有副好心腸。他走出一棟教學大樓。俊在那兒抽菸。個頭小小的。

　　美國人叫派瑞許。他說：「嘿。」俊想說些什麼，可他沒說什麼。派瑞許問了很多問題。俊慌了起來。他不過在這兒抽菸。哪來那麼多問題好問？

　　但這一來一往也持續了一小段時間。

　　美國人把事情告訴他的朋友。「我碰到一個韓國人。徹底無藥可救。挺逗的傢伙。」

　　派瑞許有副好心腸。他那些朋友也有副好心腸。他們會罩他。

　　為了找樂子。因為他們有副好心腸。因為現在，俊是他們罩的。

　　太神了——他們發覺。俊是個賭徒！搞屁啊？他是個賭

徒，還會玩百家樂。他昨晚輸掉他媽三千塊美金。搞屁啊？

我們罩這傢伙還真罩對了。他媽三千塊美金！

搞屁啊？

俊愛喝皇冠威士忌。

「話說有天晚上我去路易斯酒吧，裡頭沒幾個人，然後俊就他媽倒在桌上睡得死死死。我搖搖他，問說：『俊，搞屁啊？』他小子只說：『皇冠威士忌。』」

俊真的沒救了。他昨晚輸了八千塊美金。他又宿醉了。當時是一九九五年。你上他家去，就只會看到他坐在那兒，身邊堆著一條又一條的香菸盒，呻吟著：「呃……呃……真糟糕。」他會說：「呃……我不知道哪樣比較糟。是我宿醉了還是我輸掉八千塊美金。」

俊就快變成一個傳奇了。

但這些都不算什麼。俊有條狗，哈巴狗，他到哪兒都帶著牠。他管牠叫蘭蔻。化妝品那個蘭蔻！他到哪兒都他媽帶著那條狗。傳奇果真不是蓋的。

有天俊打電話給派瑞許。「你來我家吃晚飯。我會準備好食物。」

搞屁啊？俊從不下廚的。

只見俊家的餐桌上已經擺好韓式的餐具。屋內每個角落都打掃過了，整個地方乾乾淨淨。事有蹊蹺啊。俊二十歲了。搞屁啊？

一頓韓式晚餐就此揭開序幕。蘭蔻趴在俊的大腿上。有個女人走出廚房，端來一個又一個盛好菜餚的大淺盤。女人是韓國人，年紀比俊稍長一些。

「她結婚了。」俊說。此時女人已走回他狹小的廚房裡。

二十一歲的派瑞許吃起餐桌上的食物。另一名白人男子也開動了。

俊抽出一根菸，把菸銜在唇間。女人跑出廚房，用手上的打火機幫他點菸。女人再走進廚房。

「她結婚了。」俊解釋著，就在他吸進第一口菸之後。蘭蔻趴在他的大腿上。

「她是你老婆？」派瑞許問。

「不。」俊說，並吸上另一口菸。「一個美國人的。住在這裡，土爾薩。」

傳奇。這個詞開始在派瑞許的心中成形。傳奇。派瑞許

年僅二十一，可他知道這個詞代表的意義。「傳奇。」

這都是二十年前發生在土爾薩的事。你真該在場的，不過我也沒親眼見識到。現在時間凌晨三點〇四分，日期是二〇一四年二月的最後一天。地點，台灣台北。派瑞許已經四十歲了。我今年四十八，以台北為家。稍早的時候──十點左右吧──我趕來和派瑞許，這位到台北出差的前同事在當地一間酒吧見面。妙的是，有個男人也為了和他見上一面專程從韓國飛了過來。一個安靜的男人。我沒怎麼注意他，之前也沒聽說過他。他叫俊，上身穿著一件白色商務襯衫。還有幾個人也現身了。幾個台北的常客。

我跟派瑞許和羅伯聊天，不知不覺就喝了兩三杯啤酒。然後俊開始煩我。「Singer。」他說。「我要 singer。」

後來我終於明白俊要的是 cigar，雪茄。我包包裡有小雪茄。我給了他一支。

「Singer?」他邊說邊懷疑地檢視小雪茄，顯然沒見過這麼小的雪茄。

「對。」我說。「雪茄。迷你雪茄。」

俊拿著 singer 到外頭去了。我和一個叫羅朗的年輕人用法語交談了一會兒。他在台北生活了十五個月，我在台北

住了十五年。我還認識了來自倫敦的羅倫斯，一個超級迷人的男人。我還是頭一回覺得男人超級迷人。搞屁啊？

俊走回店裡，模樣跟先前判若兩人。第四杯啤酒。他抓住派瑞許的袖子，然後朝吧台後方的牆上一指，雙眼炯炯有神。

「皇冠威士忌。」俊說。

「靠。」派瑞許說。「他看到皇冠威士忌了。」

「啥？」我問。

「俊看到皇冠威士忌了。」派瑞許說。「我們慘了。」

我跟羅伯還有來自西班牙的阿爾曼多聊天。我跟來自約克郡的亞當聊天。

我正試圖閃避一個穿著綠灣包裝工 [41] 的 polo 衫，一副想找人大聊特聊的煩人肥子時（天啊饒了我吧），俊有點急促地伸手往吧台一掃，結果掃下一只快見底的啤酒玻璃杯。玻璃杯摔到地上，應聲破碎。

「俊！」派瑞許說。

「抱歉。」俊滿懷歉意地說。

「第一只玻璃杯。」派瑞許說。

在這間酒吧工作，又念古典樂，還會登台演出，而我還沒看過她的演出，然後英文名字就叫「耶」的台北小美女沒來清理地上的碎玻璃。

「俊是個傳奇。」派瑞許說完這話，就點了第五輪的啤酒。

接著，瑞奇來了。我看到他的人出現在門口。但他始終沒進來找我們。

「瑞奇對人群很感冒。」派瑞許說。

後來我們到另一家人比較少的酒吧跟瑞奇碰頭。我們又喝了幾杯啤酒。俊又掃下一只啤酒玻璃杯。不過這次玻璃杯在我腳邊哐啷一碎，我右腳的襪子都被啤酒潑濕了。

「抱歉。」俊滿懷歉意地說。

一個沒「耶」可愛的女孩拿著掃把畚斗過來清理碎玻璃。我開始和亞當聊鄂圖曼帝國，跟威爾交換了對癮的看法，包括癮是基因遺傳或是後天環境所造成。

來自約克郡，家有一妻一小的亞當談起威尼斯帝國，說自己多想到威尼斯一遊。我不忍心告訴他威尼斯只是一具空殼。當地的商品都是位於我們北方的中國製造的。

我還和威爾聊到中國一波又一波的空氣汙染，以及台北的房地產是否已經泡沫化，這泡沫又會不會破掉，抑或受到中資不斷湧入的影響而持續泡沫化等問題。

　　「泡沫遲早會破。」威爾說。「我們只是不曉得何時會破。」

　　威爾見多識廣，畢竟都四十四歲了。他在台北也待得比我久。

　　「我們還年輕的時候──」威爾說。「整天只想把馬子。現在我們最盼望的卻是能買到一塊地，擁有一座自己的花園。」

　　然後派瑞許說起俊的故事，就那位文質彬彬卻已摔破兩只玻璃杯的韓國男子，那位我一無所知的韓國男子。派瑞許告訴大家在土爾薩念大學的時候，他是如何遇見在教學大樓外面抽菸的俊，俊又為何會成為真正的──沒唬你──傳奇。

　　我笑到胃快抽筋了。我真的笑到喉嚨快沙啞。一條叫蘭蔻的狗，太絕了吧。我聽著派瑞許話說蘭蔻，俊則繃著臉坐在一旁。他臉就這樣繃著，還有點紅。我側躺在酒吧的雅座座位上，彷彿許久不曾開懷大笑一樣笑翻了。

我開始問俊一些問題。他說自己在首爾附近一家賭場當經理。他有老婆，還有兩個小孩。他拜託我別把土爾薩那段往事告訴他老婆。我根本不可能向他老婆告狀吧，畢竟之後也不大可能見到他了。

然後我繼續笑，笑到肚子快痛死了。來自倫敦的羅倫斯在外頭和瑞奇抽菸。他說不定就是我遇過最迷人的男人。說不定還是我遇過唯一一個迷人的男人。快三點了。我們一行七人圍坐在桌前，還沒什麼醉意。可現在就快凌晨三點了，而我還有妻室要顧。

謝了，派瑞許。謝謝你讓我出來透透氣。

寫於二〇一四年

---

41 為威斯康辛綠灣地方上的職業美式足球隊 Green Bay Packers。

危險的

教兩個十一歲大的小女生「危險的」英文單字。我要她們舉出幾種危險的動物。

「你就是一種危險的動物。」其中一個小女生說。

「好。」我說。「或許吧。你能不能舉舉其他危險的動物？」

「你的頭髮。」另一個小女生說。接著，她開始用中文說明我跟我的頭髮其實是兩種不同的動物；我的頭髮到了晚上就會離開我的頭，在城市裡飛來飛去追著女生，餓了就吃蛾。

作　　者：枚德林
封面及內頁插圖：枚德林
譯　　者：陳允石
書評、推薦語中譯：枚綠金
修訂／審訂：枚綠金
總　編　輯：陳夏民
編　　輯：苗銀川
書籍設計：苗銀川

出　　版：逗點文創結社
地　　址：330 桃園市中央街 11 巷 4-1 號
網　　站：www.commabooks.com.tw
電　　話：03-3359366
傳　　真：03-3359303

總　經　銷：知己圖書股份有限公司
台北公司：台北市 106 大安區辛亥路一段 30 號 9 樓
電　　話：02-23672044
傳　　真：02-23635741
台中公司：台中市 407 工業區 30 路 1 號
電　　話：04-23595819
傳　　真：04-23595493

印　　刷：通南彩色印刷有限公司
I S B N：978-986-94399-6-1
定　　價：300 元
初版一刷 2017 年 2 月

白痴有限公司

國家圖書館出版品預行編目 (CIP) 資料

白痴有限公司 / 枚德林著 . -- 初版 . -- 桃園市
: 逗點文創結社 , 2017.2
224 面 ;13X19 公分 . -- (言寺 ; 50)
譯自 : Idiocy, Ltd.
ISBN 978-986-94399-6-1(平裝)

874.51   106021325